U0896693

心灵鸡汤

放飞心灵的风筝

陈晓辉　一路开花 / 主编

煤炭工业出版社

·北　京·

图书在版编目（CIP）数据

放飞心灵的风筝/陈晓辉，一路开花主编．--北京：煤炭工业出版社，2017（2023.1 重印）

（品读心灵鸡汤）

ISBN 978-7-5020-5855-5

Ⅰ．①放…　Ⅱ．①陈…　②一…　Ⅲ．①散文集—中国—当代　Ⅳ．①I267

中国版本图书馆 CIP 数据核字（2017）第 110327 号

放飞心灵的风筝

主　　编　陈晓辉　一路开花
责任编辑　马明仁
编　　辑　郭浩亮
封面设计　宋双成

出版发行　煤炭工业出版社（北京市朝阳区芍药居 35 号　100029）
电　　话　010-84657898（总编室）
　　　　　　010-64018321（发行部）　010-84657880（读者服务部）
电子信箱　cciph612@126.com
网　　址　www.cciph.com.cn
印　　刷　北京飞达印刷有限责任公司
经　　销　全国新华书店

开　　本　710mm×1000mm 1/16　**印张**　14　**字数**　180 千字
版　　次　2017 年 6 月第 1 版　2023 年 1 月第 3 次印刷
社内编号　8735　　**定价**　46.00 元

第一辑
青春的烛光

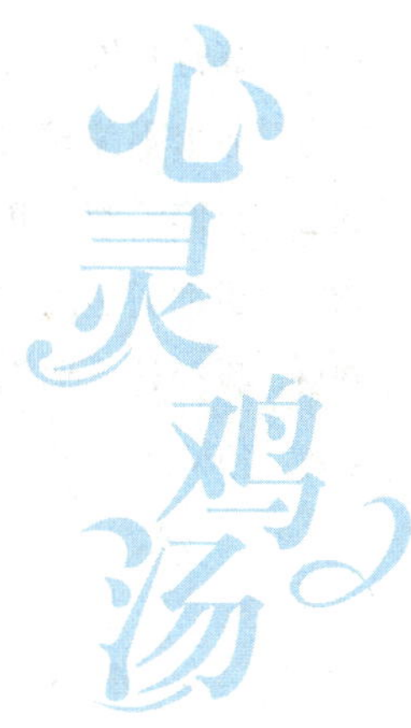

第二辑
那时我们都那么年轻

第三辑 我们是两条兀自流了多年的河

第四辑 坐在最后一排的日子

第五辑 那个曾经偷偷喜欢你的男生

第六辑
时光没有告诉我

第一辑 Part 01

青春的烛光

很快，他到了该婚娶的年龄，她则刚刚考上一所大学。他是喜欢她的，她亦然，只是彼此间没有挑明。在一次结伴的途中，他曾试探着说出心里话。他侧目看她的反应，发现她的脸涨得通红，目光里全是羞涩。她没说好，也没说不好，那天，她只是哈哈一笑，说，知道了。

和雨滴赛跑

文 / 李娜

孝敬父母可以代替最高贵的感情。

——孟轲

父亲是天刚蒙蒙亮就出门的，我在半梦半醒间听见母亲自言自语地说了一声“怎么一个人就出去了”，脑袋里还是一片混沌，有点冷，我拉紧被角继续睡。没过多久，我似乎听见雨珠砸在玻璃上的啪啪声，又急又快。母亲嘟囔着“哎呀没带伞呐”，接着传来窸窸窣窣的翻找声。

像是一个讯号击中大脑，我推开混沌，迅速起床、穿衣、拿伞往外奔跑。父亲出去了多久，我完全无法精准推算，无从言说的惭愧从身体的某个角落里蹿出来，嘲笑着我自诩的“倾尽所有爱父亲”的决心，我竟连上天最浅显的试探都无法通过，真是讽刺。

我估摸父亲会走的路线，便在那条路上狂奔，我要和雨滴赛跑，向老天证明我不是一个骗子。

父亲，刚强了大半辈子，还是迎面撞上了我们最不愿狭路相逢的敌手，在这场没有硝烟的战役中，父亲不得不往自己苍老佝偻的身体套上已经破朽残破的铠甲。往昔宽厚的肩头如今小馒头似的耷拉着，目光低垂着，不爱说笑，早已没了曾经的勇猛。他颤巍巍地拾起我们塞给他的戟，拖着那张笨重的盾牌，吃力地走进战场。

看吧，我的英雄已经完成了最艰难的跋涉，我明白此时的他，只是想找到某个避风的树洞，歇一下，就一会儿。

母亲的着急不亚于我，生着这种病，医生叮嘱过千万不能感冒发烧，不然……不然“那个东西”会长得很快，我真怕。一直以来，即使确诊了，我仍称它为“那个东西”。若不是在某处关键的地方，我总不愿说出它的名字，我怕一旦说了，它就真的缠上我父亲，缠上我们。

终于，我看见返程的父亲，很远，但我确定是他，他头上戴着便携式的广播耳机，抿着嘴昂首阔步地走。雨水已经打湿了他的帽子和肩头，可他就像过滤了眼前的雨幕和困境，昂着头不为所动。

一下子想起小时候，有段时间我在外婆家生活，每次得知他们要来看我，我便早早站在路口急切地盼望着。当远远看见他们走来时，我会拼命向前冲刺着任性地砸进父亲怀中，他总是牢牢接住我的脆弱和思念。

那时，我的世界是光亮、香甜、有满满橘子水味道的，可是，我再也无法回到那个一模一样的怀抱了。

迅速为父亲撑开伞，我已经无法从他苍老的脸庞上读出他的心思，我问他冷不冷累不累，他都摇着头看向前方。我不知道他在想什么，但我知道他是宽慰的，因为我来了。

即使我姗姗来迟，他也不会在意，因为无论何时何地，他总是无条件地包容我。我第一次清醒地意识到，我能在一件事里使用上父亲母亲的词眼，便是极幸福的事，此时，我的家是完满的，我有父亲母亲，我不去想以后。

回到家，母亲掩下担忧端来热蜂蜜水给父亲喝，我拿出吹风机认真地吹干父亲的肩膀、后背、手臂和腿。在心里感谢这场雨没有倾盆而下，感谢行道树为父亲挡去一些雨珠，感谢帽子保卫着父亲的头部，感谢一切当我不在时，看护父亲的一切。

他消瘦得厉害，小小的身子坐在那里乖乖地任我指挥，就像小时候，他用干毛巾擦干我被大雨淋湿的头发。那时候，我也是小小的；那时候，父亲是我的英雄。

之后，我学会早早起床，等着父亲出门，和他并排走在晨间的清新中，走在无人的马路上，走在悠长的岁月里。向整个快要苏醒的世界说早安，向每一个未知的明天踏出我们最坚实的步伐，一二一，昂首挺胸，向前走。

选自《语文报》2016 年第 4 期

孝敬父母不能等：等待就是一种遗憾，而遗憾是不能补救的，所以我们要珍惜与父母在一起的每一天。

爱情货车

文 / 侯拥华

石榴半吐红巾蹙，待浮花浪蕊都尽，伴君幽独。

——苏轼《贺新郎》

她出山到县城上高中那年，是搭乘他的货车上的路。那时候，他开着一辆东风大卡，开得虎虎生风，威风极了。一路星辰，一路欢歌，彼此早已是熟识的街坊。

她说，叔，我到县城上学，你捎我一程。

他嘿嘿一笑，哎了一声，算是同意。

其实，那时候他也就长她两岁，提前毕了业，开着家里的货车跑运输。辈分只是街坊辈，如果站在一起，或许，还有人以为是兄妹俩呢。

山里人，出趟远门难，何况她是每周都要在学校和家之间来一次往返。所以他家里的那辆卡车，在她眼里就是宝贝了。

可是，那次的确是他们第一次这么近距离的接触，挤在并不宽绰的驾驶室里，开始两人还是尴尬了一些时间。沉默一段时间过后，终于耐不住寂寞，才浅言浅语地聊了起来。

山里空寂，这黎明前的黑夜尤其孤寂得吓人，好在多一个人是一个伴儿。聊着聊着，这一路的漆黑与恐惧就没了踪影。

从此以后，每个周末，他都会把货车停在她所在学校的门口等她放学。

待到周一的早晨，他再和她一同上路赶往县城。这样的时光，倏忽一闪，便是三年。

很快，他到了该婚娶的年龄，她则刚刚考上一所大学。他是喜欢她的，她亦然，只是彼此间没有挑明。在一次结伴的途中，他曾试探着说出心里话，他侧目看她的反应，发现她的脸涨得通红，目光里全是羞涩。她没说好，也没说不好，那天，她只是哈哈一笑，说，知道了。

那算是搪塞吗，还是欲言还休的同意呢？他不明白。

再后来，彼此相见，他的内心竟然有了一丝莫名的惆怅。他想，他不过是一个东奔西跑的货车司机，而她，却是令人羡慕的天之骄子。两人的差距不言而明，他们会走到一起吗？于是，自卑像野草一样在他心里疯长，一直长出紫色的哀伤与忧愁。

他想等她主动显露心迹，要不，他便放弃。仿佛，那次他说的是玩笑话而已，如一缕青烟，一阵风吹过，即散了。

她上了大学后，他再也不用接她送她，这便少了联系。分开后这一段长长的时光，让他更加清醒地意识到他们之间的距离，也让他变得更加惆怅。

一年后，他的货车路过她大学所在的城市，他想去看看她，便刻意为她作了停留，临时跑到校园里找她。她从一堆红男绿女中挤出来，随他到外面走走，还陪他吃了一顿晚餐。

那天，她还叫他叔，一开口就把他推向了远方。她说，叔，没事儿就别跑这么远了。不过，放假的时候如果路过，倒是可以捎我回去的。

他心里先是一凉，接着一喜，便嘿嘿一笑，嗯了一声。其实，那天，他想给她说件事儿。他想告诉她，他娘已经托人给她家提亲了，不知道她什么意见。可话到了嘴边，他还是咽了回去，他害怕从她口中说出那个“不”字。

末了，走的时候，他低着头，对她说了一句："我娘给我找媳妇了，你怎么想？"她听了，吓了一跳，一副吃惊的样子，脸红红的，说："好啊，你也老大不小了，也该给我找一个婶子了。"

他说出那句话就后悔了，她说出那句话后也有些吃惊。

走时，她有些心不在焉，而他的心却凉凉的，有冷风在吹。他想，事情果然和他料想得差不多。

再后来，他娘托去的人回话说，人家大人没答应，说等孩子回来再说。他便想，那不过是大人的托词而已，于是，便死了心。

大三那年的冬天，她放寒假回家，天冷得厉害，漫天都是雪花飞舞。他又一次路过她所在的城市，便载着她一同回家。那天，他其实已经决定，回家后便应下邻村托人说的婚事。

那天，大货车在弯弯的山路上缓慢爬行，驾驶室外一片雪白。

意外的是，途中，货车突然熄火了。

很快，驾驶室里就冷起来了，其间，他下去修车，又爬上来，一副沮丧的样子。她看见他绝望的眼神，知道他们两人将在这里度过难熬的寒冷之夜。

为了保持体力，他们不再交谈，闭上眼睛听窗外呼呼的风在吹。他看她抖得厉害，便把自己身上的棉大衣脱下来，给她披上。后半夜的时候，她裹着大衣从梦中醒来，推了推他，发现他冻得已经不省人事，"哇"的一声，她吓得哭了起来。

她想，他不能死的，这次回家之前，她娘已经在电话里给她说清楚了，等她给他一个答复。之前她还犹豫不定，而她现在的答案是嫁给他。她开始脱去棉衣，紧紧抱着他，试着用自己温热的身体去暖热他僵硬的生命。

天亮的时候，他终于醒了过来，他发现他被她紧紧拥抱着，一缕阳光正打在她的脸上。望着她，他任凭幸福的眼泪在脸上肆意流淌……

那次遭遇，她读出他的深情，他明白了她的心声。

经过生死磨难的人，谁还会将他们分开？后来，他和她结婚了，他还是开着那辆货车载着她天南海北地跑。

那辆货车记载了他们爱情的点点滴滴。

选自《考试报》2015 年第 34 期

美好的爱情总是沉默的，在适当的时刻表达出来，然后就在一起了。可是那是需要用岁月去慢慢积累的感情。

世界在谁的掌心里

文 / 安宁

生命是单程路，不论你怎样转弯，都不会走回头路。你一旦明白和接受这一点，人生就简单得多了。

——穆尔

刚入大学的时候，在人群里常常觉得孤单。世界好像突然变得大了，自己再也不是那个万人瞩目的中心。引以为傲的成绩，也变得可以忽略不计。昔日被老师们鄙薄的那些能歌善舞人士，似乎一夜之间就升了值，走在路上，都是一派富贵腾飞之势。

一群鹤们站在一起，自己这样自以为是的一只，瞬间就黯然下去。而且，连并肩行走相互慰藉的另一只，也寻不到。世界就这样轻易地转移到了别人的掌心里，自己则唯有焦灼不安失魂落魄的份儿。

学生阿雅就在面临十年前的我，同样失去了重心的孤独感，她来自遥远边疆的小镇，普通话有些蹩脚，常常一开口，就引来外人的笑声。她费了很大力气，差一点就将石头含在嘴里“冬练三九，夏练三伏”了，才终于有了一点起色，混在一堆人里，听起来不至于那么突兀刺耳。

她很奇怪以前自己是想拼命尖着嗓子冲出那“鸡群”，成为一只地位显赫的仙鹤，而今却是因为这缺陷，想要缩到一个安全的壳里，最好，是谁也看不到自己。

不过中学时那股子拼劲，还是让她想要在这片新的天地里，能披荆斩棘，重新立地为王。班里的同学很快地分离成两拨，犹如分明的泾水渭水，永远都不会相交。

有不满高考结果的，到了大学，也是身在曹营心在汉，为了那个当初的奋斗目标，继续埋头苦读，只求4年后，通过考研一举成名天下知。他们常常以一副老成持重的表情，告诫阿雅，如果不走出去，待在这样一所不上不下的省城大学里，人生早晚也会变得跟路边的广告牌一样黯淡无光。

而那些对更高的学历毫无兴趣的，则为了工作，热衷于讨好老师，或者为了学生会的一个官职上下打点，一副争得头破血流也在所不惜的模样。他们给予阿雅的教导，则是世俗现实的，甚至听起来有些残酷。

他们建议阿雅在老师面前，要学会奉承，懂得阿谀；而在学生会里，不管是学院还是学校，都要有等级观念，聚餐的时候敬酒，学生会会长的地位，丝毫不次于任何一个老师或者领导；如果怠慢，轻则影响个人在学校的仕途，重则让你在4年后迈出校园的时候，因表现不佳而寻不到好的职业，而远远地落在同学的后面。

阿雅夹在这样两股奋进的人群中，左右为难，不知将来是要考研，让人生上一个档次，还是为了工作，一路世俗下去。这样的问题没有解决，又有新的接踵而至。

来自西部的阿雅，同宿舍里东部区的舍友们，常常因为思维习惯的不同，而产生冲突。一次一个舍友在宿舍里大声宣布，明天中午要请大家去吃麦当劳，大家都嘻嘻哈哈地附和说好啊好啊，然后便各自忙碌，似乎，那不过是一件很稀松平常的事。但阿雅却记到了心里，且为了这次吃饭，特意在第二天穿了最漂亮的裙子，还化了淡妆，然后一上午哪儿也没有去，耐心在宿舍里等候舍友的召唤。

不想，左等右等，一直到了一点钟，也不见舍友的影子。就在阿雅想要不要电话催促一下舍友时，宿舍门打开来，舍友与其他人鱼贯而入，看他们手里提的打包的饭菜，就知他们没有去什么麦当劳，而是在食堂里饱餐了一顿。阿雅生了气，但又不好发作，私下里打听后才知，舍友不过是开开玩笑而已，知道这种随口说请吃饭习惯的同学，都哈哈一笑便忘掉了。只有阿雅认了真，等到饥肠辘辘，还没有任何音信，并因这样有伤颜面的“欺骗”，而一个人大哭了一场。

阿雅在大一读完的那年，成功进入了学生会，成了宣传部的干事。尽管只是在自己的学院里。很多时候，也没有多少同学将自己的这一官职当成一回事，甚至还当面开她玩笑，说，干事干事，就是一个干杂事的而已。

她偶尔迷茫，在老师们开会只记得部长们的名字的时候；或者，是曾经的朋友，因为官职比自己高了一级，便以命令的语气让她去做事的时候。她的成绩也是中等，似乎没有实力也没有精力，与那些一心想要走出去的同学比拼。两条路缠绕混杂在一起，阿雅突然间觉得自己没有了方向。

阿雅问我，为何自己有成了世界边缘的感觉呢？那个高中时被人宠爱光芒四射的女孩，跑到哪里去了呢？是不是人越向社会上走，就离中心的世界越远了呢？

我不知道该如何回答阿雅的问题，刚刚毕业成为人师的我，也只能以自己仅有的经验告诉她，其实我们一直都在社会的边缘，我们所做的一切努力，不过是为了离世界中心的那点温暖，近一些，再近一些。

昔日来自家庭的呵护，并不是让自己成为焦点，而是用亲情编织成一张遮风避雨的网，隔离开世界。是我们的不知世事，误以为那里是阳光最盛烈水草也最茂密的中心。

阿雅对于我的解释，依然是不甚理解。她大约不知道作为老师的我，正遭遇着同样的困惑。我在讲台上是他们学生的中心，可是在职场上，我却与她一样，同样是一个小心翼翼却又总是手足无措的新人。世界是圆的，可我不过是那只在最外面的圈上，费力向中心攀爬的小小的蚂蚁，或者蜗牛。或许我刚刚给他们眉飞色舞地讲完一部话剧，出了门，就被领导叫到办公室，以我搞第二职业没有好好工作为由，派给我一门新的课程。

世界是在我们的掌心呢，还是在我们的脚底，再或位于我们风尘仆仆奔赴的前方。我想除了一点点的经历，让时间代我们答复外，初入大学的阿雅与初入职场的我一样都没有办法寻找到一个确切的答复。

选自《中学生百科·大语文》2011 年第 2 期

有些人老问，是世界改变了我们，还是我们改变了世界？其实这些对于普通人来说都不重要，重要的是，你以为的世界，你心中的世界，是什么样的。

青春的烛光

文 / 胡识

如果命运自有它的轨迹，那么人最大的幸运和所有勇气的来源就是在开头的时候无法预知结局。

——辛夷坞

我们的烛光亮在初中

“停电了，啊，停电了！”又是臭小子阿山从教室的最后一排蹦起来，像落地的皮球，带头大喊。紧接着，校园里传来一阵又一阵“啊，喔”的叫声。我最喜欢突然停电的时分，因为终于可以搁下手中的圆珠笔和我的女同桌兰子侃侃大山，斗斗嘴，有说有笑了。

别看兰子平日里斯斯文文，淑女得很，其实，那都是她装出来的。一旦我先动手拽了一下她的马尾辫，她准瞪着眼睛跟牛一样：“阿识，你不想活了吧，姐你都敢惹！”她边说边往上撸起衣管。这时，我就会使出阿识必杀技从抽屉里掏出一根蜡烛，为她点上。

我念的初中是镇上最为严苛的私立学校，校长会命令我们在抽屉里放上一小捆蜡烛。如果碰上停电了，班主任就会火急火燎地从办公室跑来，叫大伙儿赶紧点上。当然，我们总喜欢磨磨蹭蹭，非要等到班主任重重地拍几下讲桌：“书，还读不读？你们看一看隔壁的初一（二）班读书多攒劲，就你们不争气！”然后，我们才悻悻地将捏紧在手头上的火柴一根一根划着，

点亮蜡烛。

每到这时，我和兰子就像一对心有灵犀的情侣，一起趴在桌子上，认真地数着："一盏，两盏，三盏……"像天上的星星俏皮地眨着眼睛，像树梢上的萤火虫提着小灯笼翩跹起舞，像水里的夜光鱼漂时起时伏，好看极了。

"阿识，我们和好吧。"兰子轻柔细语地对我说，她的眼睛里流露出一道道银色的光，那是青春的火把，它燃烧是为了等待一句承诺。只可惜，我也是个不谙情事的少年，紧张得开不了口，哪怕说一个最简单的"好"字也不敢。我只会偷偷地用袖子揩掉我们在白天时用粉笔画上的三八线，假装她不会看见。但是我却忽略了这点，这世上的每一位女孩子都是天生的猎人，她们拥有一双明亮的眼睛，在黑夜里对她好的男生逃不过她的光。

兰子说，真心对一个人好，明明知道他或许没那么好，却又忍不住把自己摆低。你为了那个人做了很多以前不会做的事，听他喜欢的歌，看他喜欢的书，到头来，那个人可能已经不喜欢 Eason，不爱看九把刀了，你却不可救药地喜欢上了 Eason。

我说，真心对一个人好，就像恨一个人一样，是没有边缘的吧。

燃着燃着，教室的灯突然亮了，我们深深地哀叹一声后，又接着过剩下来的读书时光。

青春总是以循环往复的方式在醒时悄悄逝去，又在梦中款款到来。我和兰子因为周杰伦和华仔在白天吵得不可开交，也因为她管我要明信片，我管她要千纸鹤，最后又在放学时贴在一起。

谁偷走了她的烛光

说来也真是奇怪，我和兰子考上同一所高中后又在同一个班念书，兰子坐第二排，我坐第四排，我们中间隔着一个庞然大物。

他的眼睛撑得能有乒乓球般大，一个高高翘起的鼻头，没有鼻根，白里透红。他走起路来总是一摇三晃，而且走路时双手微微地散开，像鸭掌，我和兰子便给这个庞然大物冠名为“鸭掌胖”。起初，我以为鸭掌胖老实巴交的，可以做我和兰子的信使。可谁知道，他在第三次帮我传纸条时，竟当着全班同学的面把我写给兰子的纸条撕掉了，还嚷嚷着说：“胡识！你是追不到兰子的，人家那么漂亮，你这么丑，能配得上吗？”

不一会儿，全班同学的眼睛都齐刷刷地聚向我，还“哇”的一声，就好像看猴子表演似的。那会儿，我的眼珠子差点都吓飞了，毛发翘得老高，脸滚烫滚烫的，我真想找一个树洞一钻了之。只是我这只瘦猴子的树洞不一会儿就被兰子的眼泪给淹没了。兰子用手不断地摩擦着那双红彤彤的眼睛：“鸭掌胖，胡识，你俩给我去死！”

我真不晓得鸭掌胖凭什么说我写纸条是为了追兰子，害得我出丑，兰子没再理我，我实在忍无可忍。为了报复鸭掌胖，有一次上体育课，我趁教室没人，便将兰子书包里的蜡烛偷偷塞进了鸭掌胖的桌子里。有很多时候，老天爷好像会故意准时给那些想报仇雪恨的人一两次机会。就在我嫁祸给鸭掌胖的当天晚上，学校竟出奇地停了电。

当大伙在面临黑暗而陷入混乱时，也只有我和兰子会显得泰然自若，因为我俩在读初中时就已经养成了一个随身携带蜡烛的习惯。我像中了头等奖的彩民，从书包里掏出蜡烛扬扬得意地说：“同学们，不要慌，我给大家变个魔术，保证一会儿教室就亮起来。”我以迅雷不及掩耳之势点亮蜡烛，不一会儿，一闪一闪的光便出现在六十多双眼珠子里，大伙不断地称奇。

我那故意自导自演的自鸣得意感点燃了兰子的愤懑之情，我知道兰子平时特别讨厌那些喜欢张扬的人，更不用说我，自纸条事件发生后，她已经恨我恨得快找不着北。她不紧不慢地站起来：“同学们，他刚才玩的只是小把戏，接下来请看我的。”说完，兰子就将手伸进书包里。我知道她一定是想拿出她的那支具有金字塔形状的粉红色蜡烛，可她并不知道自己的尊严其实已经跌进了低谷。教室的空气跟死一般寂静，大伙儿都屏住呼吸等

待见证奇迹。兰子将书包翻来搜去，她急得满头大汗。

终于，兰子爆发了：“谁偷了我的蜡烛？谁偷了我的蜡烛？”兰子尖锐的声音在教室里盘旋着。

“嘿嘿，鸭掌胖，这下你死定了。”我在心里乐得炸开了锅。我故意用笔套敲了敲鸭掌胖，装作怀疑的样子：“兰子的蜡烛，不会在你的桌子里吧？”

鸭掌胖的头脑实在太简单了些，他一边扯出自己的书包一边在嘴里鼓捣着一句：“怎么可能？怎么……”可还没等鸭掌胖信誓旦旦地说完，“啪”的一声，具有金字塔形状的粉红色蜡烛就从他的桌子里掉了下来。

“金钱海，果真是你拿了李香兰的蜡烛啊！”鸭掌胖的同桌指着那支蜡烛，嘴巴张得超大。

“我没有拿她的蜡烛！我干吗拿她的蜡烛？”鸭掌胖急得差点哭出声来。

“我记得上次你看到兰子的这支蜡烛，还问我她在哪里买的，你说你也想要这样一支蜡烛送给你奶奶。”

“可是，可是……”

“别再可是了，跟我去一趟老师的办公室吧！”班长对鸭掌胖说道。

说一声，烛光再见

就这样，鸭掌胖因为“做贼”被学校记过了。我并不晓得学校的制度会有那么严苛，我本只想让鸭掌胖在班里出一次丑，好替我杀了年少时的不快之情。可我不曾明白，有一些小小的错误，如果我们都不愿给予宽恕，那么大大的错误终将会惹恼动荡不安的青春。

其实，鸭掌胖一点也不坏，他比谁都善良，坚强得多。

纸条事件发生以后，我们班和二班举行篮球联赛，不知道什么原因，我投篮时总发挥失常。就在其他同学纷纷要求我下场时，作为队长的鸭掌胖却坚定地站在我身边，他说：“他上半场的球打得不好，并不代表他的整场球都打得不好，我相信他的实力，我看好他的球技！”我以为鸭掌胖会恨我恨得找不着边缘，但是我却错了，他说那句话时微笑并阳光着。在下半场比赛时，只要鸭掌胖一拿到球，他就会扔给我，然后朝我大喊，胡识，Go Go！哐当一声，我又进球了。

那是我有史以来打得最好、最痛快的一场球赛，不仅因为那次我们赢了，还因为那场球赛，鸭掌胖原谅了我，我们成了铁哥们。

我们各自奔向不同的城市念大学的前一晚，刚好是鸭掌胖的生日。我和兰子买了蛋糕，把鸭掌胖叫到海边，就在我和兰子为他点亮生日蜡烛的那刻，我看到鸭掌胖感动得哭了，他说，这是第一次有人给他过生日，而那个人就是朋友，也是昔日的“仇人”。

对，我曾做了鸭掌胖的“仇人”，我栽赃陷害了他，但他很好，没有把我当仇人看待。当然，鸭掌胖也做过我的“仇人”，我要鸭掌胖传递的第三张纸条，其实是我鼓足了勇气写给兰子的情书。而鸭掌胖却因为自己也喜欢上了兰子，将它当众撕毁，还诋毁我的形象，那时我当然恨了。但那场球赛以后，我再也没拿他当过仇人。

其实，青春可以像送变电一样，有很多东西可以重来。比如，此刻停电了，我们就可以立即点上一支蜡烛，凭借着可以无限延伸的光将即将消失的影子拉回原地；又或许可以闭上眼睛安安静静地等下一场没有到不了的天明。

选自《新青年》2015 年第 3 期

有些东西是可以重来的，比如中断的友谊；有些东西是可以延续的，比如那些如亲人的朋友和坚实的友谊。可是有一样却怎么也不会回来了，那就是青春。

遇见你

文 / 江北

我们结交朋友的方法，应该是给他人好处，而不是向他人索取，这种友谊最为可靠。

——修昔底斯

引子

“小周萌，我现在在波密县，一个坐落在西藏自治区东南部的边陲小县城。这里的秋天像一幅油画般，红黄蓝绿都生动活泼……”

高原的风轻轻擦过我耳畔，带着帕龙藏布河深沉的呼喊，带着冰川亘古不变的沉默气息，带着念青唐古拉山的诗人般的忧郁。

我闭上眼睛，在大脑里一遍遍搜索关于这个小城的所有细微处的美丽，然后尽量用美的词汇将它们表述出来。我知道，有个叫周萌的女孩在等待倾听这片遥远的风景。

银灰色的录音笔已经跟随着我奔波三年了，它的外壳早已变得斑驳不堪，可是录音效果一直很好。

就像某些记忆，即使被时间反复洗刷、冲蚀，也依然鲜活、灿烂。

一

三年前，二十二岁的我大学毕业，在北京一家叫《遇见你》的旅行杂志做编辑。

也许是源于从小对旅行的向往，也许是受了三毛的作品的影响，我一心渴望着要用不断行走的方式来使我的生命变得饱满多姿。《遇见你》满足了我对未来的全部幻想，我对这份工作投入全部的热情和热爱，背着相机拿着地图到处去搜罗那些不为人知的美景。

北京是一座匆忙的城市，所有的人都停不下来，总有一股莫名的力量推着你在这座城市里横冲直撞。那些住在水泥森林里的人们需要一个安静的出口，需要对假期充满期待。《遇见你》就像一杯清新的茉莉花茶，总让人忍不住想要闭上眼睛，找寻片刻的宁静，所以这本杂志一直都卖得很好。

读者来信和来电是意料之中的事情，我随时做好了为他们解答疑难问题的准备。他们中的大多数都会问，某某景点最方便的乘车路线在哪儿？消费如何？有哪些特色？最适合什么季节去？

所以当电话里传来一个脆生生的女孩的声音时，我有一瞬间的愣神。

“你好！我叫周萌，我想找一下松幸。”并不十分标准的普通话，但听起来却那么悦耳。

“你好，周萌，我就是松幸。”我还不确定这是一个小姑娘还是一个与我一般年纪的女孩，因为她的声音与她说话的语气不是很相符。

“啊，你就是松幸啊！”她的声音里有掩藏不住的惊喜，“我看到你写的和顺了，还有你在和顺拍的照片，真好看！我很喜欢你呢，真的！”第一次被另一个女孩这样直白地夸奖，我有些受宠若惊。

我猜想着电话那头的她有多么阳光明媚，一定像我窗前的风铃花一般，有风一吹就摇曳起来的笑容，或许，还有两个小酒窝。我压抑着我心里的欢喜，颤抖着声音对她说“谢谢”。对于刚参加工作不久的我来说，这样的赞美是对我莫大的肯定。

“和顺在云南对吗？我还从来没去过云南呢，也不知道以后有没有机会去。”她兀自说着，声音里有些许忧伤，旋即她又快乐起来，“不过看了你拍的照片，我觉得我已经去过一次了！”

“你以后一定有机会去的，我相信。”我尝试着给她信心，说不清为什么，她的快乐里似乎带着惆怅。

“松幸，不打扰你了！我要去晒太阳啦！”她挂断电话的时候我甚至能闻到阳光的味道，我抬头看着窗外北京的天空，竟然如此蔚蓝。

二

这份工作并没有我想象中的那么简单，常常会遇到各种各样的问题，我甚至想过放弃，“梦想”似乎越来越奢侈而遥不可及。

有一次因为选题没有亮点而被主编训了一顿，下班后所有的人都走光了，我一个人趴在电脑前，哭了出来。大城市的嘈杂喧嚣，想家的孤独，离开朋友的不知所措，工作的不顺心，一下子像开了闸的洪水般汹涌而来。

就在这个时候，桌上的电话响了起来。已经是下班时间了，原本是可以不接的，可是我还是鬼使神差般地接了起来，刚说出一个“喂”字，那边就传来了欢乐明亮的声音：“是松幸吗？我还以为现在打过去没人接，原来你还在，真好！”是周萌，我几乎能感受到她小小的期待得到满足后的幸福。

“是呢，我还在，也许是在等你啊。”我和她开玩笑道，尽量使自己的声音听起来平静。

“松幸，你有时间来我的家乡看看吧，我的家乡叫宁南，非常美呢！一定不会让你失望的！”

“宁南，宁静之南的意思吗？听起来就很美呢。”

“对啊对啊，我家门前有一条清澈见底的小河，游动的小鱼在太阳底下就像闪闪发光的珍珠项链一样。河岸边一到春天就开满了蓝色的鸢尾花和白色的风铃花，所以我常常觉得春天的小河都穿上了漂亮的花裙子，它的花裙子还会随风飘动呢……”那些句子从她的嘴里说出来，经过电流的传播，到达我的脑海时已经变成了一幅美丽的画卷。

我几乎不敢相信，一个十二岁的女孩能将自己的故乡描述得这样美丽和吸引人，她所生活的地方一定美得如诗如画吧。

电话那头的周萌让我想起了我的故乡，一座南方小城，有曲曲弯弯的河流，镂空雕花的石拱桥，久经年月的青石板路，苍翠欲滴的竹林，还有我的老祖母。只是后来我来北方上大学，就很少回家了，所以那些水墨般氤氲在内心深处的记忆，竟有一天变得模糊起来。

而此刻，我少时的记忆似乎被周萌开启了一般，又一点一滴地变得清晰，变得轮廓分明了。我在电话里承诺她："我一定会来宁南的，以后你就可以在《遇见你》上看到你的故乡了。"我甚至开始幻想她在杂志上看到自己的故乡时会绽开怎样明媚的笑容。

周萌兴奋起来："松幸，你等我，我要给你写信，我会告诉你我们这里的地址。我还要给你画一张我们这里的地图，我在中国地图上没有找到宁南，你拿着我画的地图就可以找到宁南了。"

我被她逗得笑了起来，心里的阴霾一点一点地散开了，还多了一份期待，我开始期待她的来信。我已经在心里默默当她是朋友了，一个小我十岁的朋友。周萌从未叫过我松幸姐姐，也许在她的意识里，我也是她的朋友吧。

我被自己的想法弄得快乐又甜蜜，心里像打翻了一罐温柔般，柔软而温暖。我仿佛又回到了少女时代，对友谊小心翼翼地渴望又期待，那是一种阳光和季节被揉碎了的复杂情绪，摇曳不安；又像是一船满载的月光，漂浮在时光的河流上，伸手可及，心里却又总是不安定，怕握到的是虚无。

原来那个敏感的少女从未长大过，我在心里对自己这样说，不知道是安慰还是苦涩的批评。

三

一个月后，我果然收到了周萌的信。

简单的白色信封，娟秀的字迹像刀刻的一般。周萌真的给我寄了一张她手绘的地图，画得并不好，很多地方我没有看懂。可是我知道她是很用心画的，画得那么细致，河流、道路和山都用不同颜色的线表示。我看着那张并不精致的地图，竟然有想哭的冲动。

周萌在信里告诉我，她的爸爸和妈妈都是很伟大的人，他们种了金灿灿的稻谷和麦子。她还告诉我她的爸爸喜欢抽旱烟，妈妈喜欢晚上守在电视机前看电视剧，奶奶总是搬张小凳子坐在院子里给她讲故事。

周萌的信写得很长，整整写满了四页纸，写的都是些琐碎的事情，可是我读得并不乏味。

这个女孩让我觉得，世界的每一处都存在美丽，只要我愿意驻足欣赏。

我把周萌的信收藏在我长期随身携带的笔记本里，那一期杂志的选题会上，我报了宁南。毫无意外的，主编又当众批评了我，“松幸，这是工作，由不得你任性的。宁南是一个没有任何特色的小县城，你打算去拍什么，写什么？”

我在同事们异样的目光里倔强地坚持着，我知道现在这份摆在主编面前的选题表真的毫无特色，可是我相信，这座小县城一定有不为人知的美丽。我耳边又响起了周萌诗句般的描述。

最后在我的坚持下，主编摆了摆手说：“好吧，你去吧，希望你能带给我们惊喜。”

三个小时的飞机，六个小时的火车，两个小时的汽车，一路颠簸辗转，我终于在天还没完全黑下来之前赶到了那个叫宁南的小县城。

从破旧的短途汽车上走下来的瞬间，我不知道该要如何形容我的失望。这是一个毫无特色的荒凉的小镇，狭窄的土疙瘩马路上尘土飞扬，超载的三轮车颤抖着身子与我擦肩而过，车上衣着破旧的人们摇摇欲坠。赶着牛羊晚归的农人用看外星人般的目光打量着我，我窘迫得不知所错。

我开始怀疑我是不是找错了地方，这里真的是周萌所描述的那个美丽的小镇吗？

那天晚上，我躺在陌生小镇简陋的旅馆里，怎么也睡不着，心里似乎塞了一团东西，不软不硬，但仍硌得难受。仿佛一个成年人一下子掉进了一个孩子的陷阱，毫无防备的，可笑而荒唐。

四

第二天我仍不死心地把小镇走了一遍，努力想要找到一点可以进入镜头的景致。然而，我失败了。我没有找到周萌给我讲的那条穿着花裙子的河流，没有找到翘屋檐的竹楼，也没有找到古老曲折的井字街……就像一下子从一个热闹的梦境里醒来了一般，我的心里空落落的。

也许，根本没有周萌！我被自己荒诞的想法吓了一跳。

那天下午，我转到了小镇学校，已经多处掉漆的“宁南小学”的牌子又把我拉回到了现实里。操场上有一群孩子追着一只篮球跑，他们黑里透红的脸上挂着晶莹的汗珠，挂着纯真无邪的笑容。那是我很久未见过的笑容，我原本失望的心一下子柔软下来了。

宁南小学的一位老师告诉我，的确是有一位叫周萌的女孩，但是她已经退学了。

“为什么？”我的心紧了一下。

“小萌是个好孩子啊，她家住得远，上学要经过一条河。今年开春的时候连续下了半个月的雨，河水涨过了岸，她上学时不小心掉进了水里。抢救及时才保住了一条命，但是医生说她的视力会越来越差，以后可能会看不见……”那位老师说着说着就抹起了眼泪。

我心里突然漫过了一片潮湿的海洋，耳畔还回响着周萌快乐明亮的声

音，像叮咚的泉水，澄澈动人。我无法相信这样一个女孩会看不见，她明明在给我讲那些美丽的风景，她明明描述得清晰具体……

我要了周萌家的地址，赶到时太阳已经挂在山腰了，周萌家的小院笼罩在夕阳的余晖里，简陋却温馨。她家门前的确有一条小河，这个时节没有花开，但真的是清澈见底。

坐在院子里的红衣女孩眼神空洞，她正在给奶奶讲前童古镇，“奶奶，松幸告诉我那个地方有很多小吃，还有最好看的木雕花轿呢。每年元宵节的时候，前童还会有灯会，像电视里演的一样，可热闹了。松幸去过好多地方，我特别羡慕她……”

“萌萌，等你以后治好了眼睛也可以去那些地方呢。”奶奶正在洗衣服，有一搭没一搭地和她聊着。

“奶奶，方医生说了，我的眼睛好不了了，可是我不怕呢，因为我脑袋里记住了好多好多美丽的风景。松幸说了，很少有人知道前童古镇，你看，别人不知道的我都知道了。”

“萌萌记性好，松幸以后还会给你讲的。”

“奶奶，不会了，松幸一次都没有给我打过电话，也许她很忙吧。我以后看不见了，也不用石头哥哥给我寄杂志了，你帮我给石头哥哥说一声。”周萌说得那样平静，我难以想象这个女孩只有十二岁，她用一种我所无法想象的坚强在接受命运的宣判。

我站在院门口，偷偷看着院子里的祖孙俩，眼泪夺眶而出，不敢踏进去半步。太阳已经落到山下了，只留下一道金色的光芒，并不强烈，却刺得我的眼睛生疼。

后记

我默默地回了北京，记忆里从此驻扎了一个叫宁南的小镇，和一个叫周萌的女孩。

我开始学会记录，学会倾听，学会表达，学会放慢脚步感受这个世界的美，甚至学会了在平淡无奇的生活里寻找美的姿态。我买了录音笔随身携带，我录下了风穿过树林的声音、鸟雀歌唱的声音、浪花拍打海岸的声音、城市夜晚偶尔呼啸而过的汽车的声音……

我会一个人对着录音笔讲述我所经过的城市、小镇、乡村……

然后刻成碟，寄给周萌。

我知道所有的声音在周萌的世界里都会变得具体而清晰，她会把这些声音还原成美丽的画卷，刻在她的脑海里。

那一期我发在《遇见你》上的稿子写的是一个叫小萌的女孩，她给自己的心开了一扇明亮的窗，看见了别人看不见的世界。

选自《语文周报》2013 年第 35 期

友谊必须述说，友谊必须倾听，友谊需要滋养，友谊需要灌溉。友谊这棵树上只结一个果子，就叫做信任，它是人间的宝藏，需要我们珍爱。

母亲来看我

文 / 李娜

我很幸运有爱我的母亲。

——贝多芬

挂了电话，母亲说她在门口的大杨树后等我。我从二楼的窗户看去，母亲穿着我买给她的红大衣，那是五年前送她的新年礼物，之后每次来看我，她都穿着它。

母亲局促不安地站在树后，不时用手拍平衣服上的褶皱，下意识地把鬓角的头发别到耳后，趁没人注意时擦擦眼角嘴角，她一直重复着这些动作。

窗外的杨树沙沙响，风过杨花漫天，顽皮地钻进母亲的发间。我向同事摆摆手说母亲来了，便朝楼下走去。母亲老了，即使隔得那么远，我也能看见她鬓角的雪白，那不是杨花。

几十年，我长大，母亲老去。

我们找个没人的地方说话吧！母亲小声嘟囔道，生怕一个响动就惊飞了站在她眼前的我。你的行李呢？我问，没有动，她憋红着脸说她把行李寄放在我家楼下的商店了。

我知道她是不想因为夹带大包小包站在单位门口而让我窘迫！母亲说带了新制的腌菜、乳腐、干洋芋片、火腿，还有我女儿爱吃的小柿子，这些都是洗得干干净净戴着手套做的，保证卫生，外孙女吃了不会生病。她信誓旦旦絮絮叨叨。

妈，路太远多难拿……我忍不住打断了她用喋喋不休来伪装着的慌乱。从什么时候开始，母亲变得这么脆弱敏感？

隔着树上落下的杨花，母亲的样子突然变了，乌黑的发，明亮的眼，而我手上推着自行车，恍然站在初中校门口。她说给我带了白米饭拌猪油，还有腌菜，去路边坐着趁热吃吧，不用骑一个小时自行车回家啦。

她眉眼弯弯，手上捧着饭盒，脚边的塑料袋里还有几个不规则的黑苹果，她热切的眼神就像全世界只有我。可我还没来得及反应，周围同学已经起哄着大笑起来，他们在笑母亲和我。

我像个人赃俱获的小偷，又羞又恼，紧接着我蹬上自行车，目视前方装作不认识眼前的她，骑着车远远逃开。

从那时起，母亲再没去过我就读的任何一座学校，可她爱我依旧。她的乌发慢慢变白，眼神慢慢浑浊，习惯了看不清周围的人和事，我知道她无所谓，但她却怕有我的世界。

走吧，待会儿被你同事看见不好，她悄悄说道，又抹了抹发丝，把鬓角的头发往耳后别。

妈，我不在乎。我吸着气轻轻地说，不敢太用力，我害怕喉咙里的干涩被她察觉，就像她极力掩饰的不安一样。

但我心里慢慢升腾起一阵呐喊：妈，我不在乎你带来了什么，我只在乎你被病痛折磨的身子是如何拿上这些东西，早早站在村边路口，等着一天只来一次的农村客运，挤过汹涌的人群和冰冷的城市来到我面前。我不在乎你身上的衣服是否平展，不在乎你蓬头垢面，不金贵你外孙女……我，只在乎你。

别愣着，快走啊，我下午还得回去。她着急地瞟着我身后，汽车声人流声渐渐响起，因为下班了。

妈，别急，我给你把头上的杨花拿下来。我温声细语，借机站到她身

侧，再也控制不住的泪被我抹进袖口。

妈，今天不要回去了，以后和我住吧，我想你，很想很想。

都当妈的人了，还跟孩子似的，家里还有庄稼……母亲眼里明明有光闪过，却一瞬压下。

别种地了，你一个人太辛苦孤单，妈……我真的想你。

母亲没说话，我看见她眼里慢慢氤起水雾，她努力眨着眼不让眼泪掉出来。

旁边有人问我她是谁，我大声说她是我妈，今天特地来看我。我笑着跟每一个路过我们的人打招呼，紧紧拉住她的手，她脸红彤彤的，扬着笑温和地看着路过的同事，像和我一起接受一场检阅。手心的热交缠着，我问她，妈，猜猜这次我给你准备了什么礼物？

选自《语文报》2015 年第 7 期

母爱是人类情绪中最美丽的，因为这种情绪中没有任何利益之心掺杂其间。世界上一切其他都是假的、空的，唯有母爱才是真的、永恒的、不灭的。

你爸爸就是我爸爸

文 / 告白

我手上的爱情线、生命线和事业线，都是你的名字拼成的。

——《玻璃之城》

天下女人都善变

19岁之前，唐语寒一直叫我爸爸为爸爸；19岁之后，唐语寒上了大学，便忽然改口叫了叔叔。

我在电话里跟唐语寒语重心长地说："丫头，做人得有良心啊！你都叫了那么多年了，现在忽然改口，你叫我们家老头子怎么想？况且，我不也把你爸爸叫作爸爸吗？"

唐语寒在那头暴跳如雷："小子，你听好了，最好别再跟我提这个事儿！以后学校里要是有人问起，你就说：'你是我哥哥，我是你妹妹。'如果我听到外面有半句闲言闲语，那就别怪本小姐辣手摧花！"

我刚想发飙，唐语寒就把电话挂了，气得我在这头差点跳楼。

俗话说，天要下雨，娘要嫁人。这两件事任谁也挡不住，真是一点没错。唐语寒她老爸跟我老爸，那是江湖上的生死之交。因此，两个老头才会在我和唐语寒没出世之前玩起指腹为婚的把戏。

别说，在云南很多地方，指腹为婚这种事情至今仍然多见。我和唐语

寒没有反抗的余地，只好跟着命运的绳索一直走。

16 岁以后，唐语寒彻底变样了：先是无缘无故长了十几公分，后是莫名其妙地瘦了二十多斤。原本胖乎乎的一个臭丫头，忽然像春日柳条一般抽枝发芽了，真是让人大跌眼镜。

好吧，我承认：对于这种情况，我心里是有一丝窃喜。可话又说回来，谁不希望自己的女朋友苗条、漂亮？

可好景不长，刚上大学没多久，唐语寒就开始跟我叽叽歪歪了。首先是不停在饭桌上朝我灌输自由恋爱的思想，接着是明目张胆地给男生打电话，最后好了，我这十几年的未婚夫彻底变成她亲哥了。

打开电脑，我正准备和唐语寒好好谈谈，便看到了她 QQ 签名上的内容，瞬间差点吐血："哥们姐们弟们妹们，那李兴海同学，不过是我的亲哥哥而已，请大家不要误会。"

她这红杏，有出墙的可能性

第二天，我坐在自习室里一直等到下午两点都没看到唐语寒的只字片语。行，够狠，这丫头翅膀硬了，吃饭都不叫我了，看样子是铁定了心准备单飞了。

男人嘛，胸怀大度点。我咽了这口恶气，忍了饿，温柔慈祥地给她打了个电话。我这边还没开始说话，她在那头就咋呼开了：

"哥，什么事啊？我正和同学讨论问题呢。有事晚饭的时候再说啊，就这样了，拜拜！"

好家伙，市话还三毛钱一分钟呢，竟然一个字也不让我说。行，不和你说，我和你家老头子去说。

刚和老头子通完电话不到五分钟，就收到了唐语寒的紧急来电。才按下接听键，唐语寒的咆哮就如同洪水一般袭来。

"好你个李兴海，你还是不是男人？你除了会打小报告，会阿谀献媚，你还会干点什么？还能干点什么？”

“等等，等等，这话怎么说的？我对咱爸好，时时保持情感交流，怎么就成了阿谀献媚了呢？再说了，我姓李，你姓唐，鬼才相信我们是亲兄妹呢。”

“这个你放心，我早就想到了。所以，对外我都一致宣传你是我同母异父的亲哥哥。”

这下，我李某人彻底吐血了。

间谍一号的叛变

探子刚跟我回报说唐语寒正和莫小川在迎宾楼吃饭，我就怒了。

唐语寒啊唐语寒，看来你还真是个多情种啊。不过，道高一尺魔高一丈，你肯定想不到，这小白脸莫小川是本大爷花三百块钱请去的间谍一号吧？

原本这约会计划是定在晚上八点结束，可现在都近十点了，怎么还没接到莫小川的任何消息？

“不行，莫小川这小子，一看就不是好人，我得提防着点。”想到这儿，我赶紧掏出手机给莫小川打了个电话。

“喂，喂，您哪位？”

“靠，莫小川，你还真会装啊！我哪位？我就是出钱雇你的那位大爷！你小子好好看看几点了！”

“哎哟，原来是李哥啊！真对不住，我知道嘛，八点结束。可是嫂子非得拉着我来唱歌，我也没办法啊！你听，她正在KTV里欢着呢。我不和你多聊了啊，以免打草惊蛇，前功尽弃。”

不出所料，莫小川果然是个见色忘义的家伙。我这头还没吩咐新任务，他就直接把电话给挂了。

幸好我早有准备，事先雇了一个间谍二号。

不到十分钟，我的间谍二号便亲自去 KTV 把莫小川逮了回来。

到底是谁勾引谁

事已至此，我只能硬着头皮进行下去。人肯定是不能再换了，为保安全，我特意请莫小川去市区的大排档海吃了一顿，顺便给他上了堂意味深长的思想品德课。

莫小川唯唯诺诺地答应着，最后还给我来了句“兄弟妻，不可欺”。看吧，我多纯情！就因为这句话，我又再次相信了表里不一的莫小川。

原定下午六点结束的表白计划，莫小川一直拖到八点都没给出任何回音。这次，我不打算给他电话，我想看看，这小子到底能玩出什么把戏。

晚上十点十三分，莫小川终于发来一条短信。短信的内容不看则已，一看，我当场呕血。

“海哥，对不住了啊！你知道的，我也是单身。这次，小弟准备假戏真做，乘人之危了。”

间谍二号再次出马，一个小时后，在离学校 300 米的奶茶店里，莫小川同志被依法拿下。

才见到莫小川，我就忍不住上去赏了他两记黑虎拳。嘿嘿，果然是个叛徒分子，不过使出五成内力而已，他就把实情统统招了出来。

不招还好，一招，我火更大了，一把拎起莫小川，恶狠狠地看着他。“你大爷的，我让你去试探唐语寒，看她是不是有单飞的迹象，怎么就成唐语寒勾引你了？你算哪根葱？你俩到底谁该占据主动权？”

美女要推翻封建婚姻包办制

好吧，看来本大爷得亲自出马了，再啰唆，唐语寒这丫头真的就跟别人跑了。要真那样，不说别的，光那声爸爸，我都得白白亏叫了 20 年。

清晨，八点，我直奔唐语寒宿舍楼下，恰好把这丫头拦个正着。

“丫头，中午一起吃饭，知道不?”

“行啊，不过我得看看我的档期。你是不知道啊，最近追我的人特别多，又是吃饭又是送花，我都忙不过来。如果今天中午没事的话，本小姐就赏脸陪你吃顿饭吧。秀色可餐嘛，大家都懂，你对着我这种天仙级的美女，铁定得多吃几大碗。”

如果不是为了挽回唐语寒的芳心，如果不是在女生宿舍楼前，那我肯定朝唐语寒的脸上狠啐几口。可惜，今时不同往日，我只得忍气吞声，笑脸相迎。

为了拦下即将变心的唐语寒，我连最后一节专业课都没上。

唐语寒刚下楼，我就直接冲了过去。“丫头，你看多巧，我们又碰面了。中午这顿饭，看来真是上天的安排啊。”

坐在迎宾楼的包厢里，唐语寒一直狂发短信。我忍住怒火，试探性地问了一句：“语寒啊，你这是给谁发短信呢?”

“哦，稍等，我看看记录。主动给我发短信的男生实在太多了，我又懒得保存他们的号码，所以总是记不住……”

唐语寒还没把这串话说完，我就被温热的茶水呛得涕泪交流了。

咳了半天，我总算缓过神来。我伸手按住唐语寒的手机，故作笑脸：“丫头，在这生死垂危的紧要关头，我得好好提醒你一遍：你是有夫之妇，知道不?冲动可是魔鬼啊!”

“李兴海，本小姐再跟你说一次：我是美女，我是单身，我要推翻封建社会的包办婚姻，我要追求伟大的自由恋爱!”

背水一战，为爱牺牲

莫小川托人送还我的300块钱，还在上面写了几个侮辱人民币的大字：“海哥，求求你成全我们吧!”

我给莫小川打了个电话，把生平没有说过的脏话全都骂了出来，回头，

还又补发了一条短信："你大爷的，成全？凭什么成全？唐语寒还没出世就跟老子成亲了，你想要成全？重新投胎去吧。"

骂归骂，可我心里一点底气都没有。近两个月，唐语寒几乎没有主动给我打过一个电话。小白脸莫小川和她倒是打得火热，经常出双入对地在学校里刺激我。

再过一周就是唐语寒的20岁生日，胜败，看来就在此一举了。

跟唐语寒相处20年，还从来没有送过她玫瑰花。这次，我打算好好补偿补偿。

刚给花店打过电话，间谍二号就来朝我报信了："海哥，那小白脸买的也是玫瑰，我问过花店老板了，他一次性订了九十九朵，可比你大方多了。"

靠，这不是摆明车马要弑君夺位吗？行，你要跟大爷比阔气，那大爷就跟你比命长！我索性把两个月生活费全部取了出来，东挪西凑，最后攒足了九百朵玫瑰花的钱。

间谍二号说我疯了，建议我要智取，不可力敌。不然，弹尽粮绝之时，就是我饿死渴死之日。

我才管不了那么多，大丈夫，死或重于泰山，或轻于鸿毛。我这是为爱牺牲，是泰山，你到底懂不懂？

原来是一出反间戏

唐语寒生日那天清早，花店老板打来电话说："临近七夕，玫瑰花短缺，可能凑不够九百朵。"这话一出，我连杀人的心都有了。

"老板，你自己看着办吧，反正钱是早就给你了，事情也早让你准备了，你现在来跟我说这种话？你知道不？我老婆就快跟人跑了！我能否挽回芳心，就看你这九百朵玫瑰了，我可真是个苦命的男人啊……"

我真是个天才，竟能在这种时候装出眼泪，老板彻底被我感动了。

晚上六点，九百朵玫瑰花总算齐齐送到。

女生宿舍楼上到处站满了好事的姑娘，掏出手机，拍照的拍照，尖叫的尖叫。

站在楼下给唐语寒打了半天电话都是忙音，我彻底疯了。楼上有人开始嘲讽、讥笑，说我是个失败的追求者。

刚回头准备动员兄弟，就见唐语寒和莫小川从那头缓缓来了。莫小川手里捧着大束玫瑰，那得意的丑态，让人禁不住萌生拍砖头的冲动。

我气急败坏，刚捡起块石头准备扔出去，莫小川就讪笑着投降了："海哥！海哥手下留情！你有所不知，小弟也是被逼的。嫂子早就知道你的计谋了，所以她将计就计让我继续演下去，看你会不会把她轻易拱手让给别人。看来，你是爱她的，嘿嘿，这下我可以退出战圈了。"

莫小川刚要走，又忽然掉过头来："哦，另外，这束花是我打算送给大哥的。现在刚好，九百九十九朵，天长地久，哈哈，还不赶快当众表白？"

我捧着鲜艳的玫瑰，才喊出那声"我爱你"，女生宿舍楼就彻底沸腾了，平日大大咧咧的唐语寒哭得像个孩子。

原本还打算教训她几句，可一看到她的眼泪，我就心软了。好吧，臭丫头，原谅你，谁让你爸爸也是我爸爸呢？

选自《视野》2011年第23期

这一生，至少有一次该为一个人努力，在光明磊落的前提下死缠烂打，不离不弃。不求回头，只求同行。

Part

第二辑

02

那时我们都那么年轻

大四那年，他俩在一次摄影交流会上相遇，他被她的才貌深深吸引。他情窦初开，暗下决心一定要追到她，并发誓一辈子只对她好。可她的心里一直放不下另一个男生，为了不伤害到他，她决定躲开他，去对那个叫施岩的男生说出心底的爱。

车上的母亲

文 / 王万龙

孝子之至，莫大乎尊亲。

——孟子

2003年，我在云南省宣威市第六中学读高一。那时，父亲病逝刚满周年，母亲为了抚养我和年幼的弟弟，在家门对面的巷子里开辟出了一间小屋，用以养猪。

十几头日渐肥壮的白猪，在我的记忆中，如同一面面不停轮转的磨盘，将我悲苦的母亲团团围在中央。她只能无奈地站在那儿，任凭它们一口一口地吞噬残剩的气力。

母亲买了辆蓝色的三轮车，租了几亩荒地。由于废弃得太久，土质显得坚硬而又贫瘠。为了省去化肥和牛耕的费用，母亲每天五点起床，从城南到城北，将一车又一车的猪粪倒进地里，松土，混合，播下种子。

我很少有机会去地里，母亲不让我去，怕耽搁学业，而我本身也从未主动要求过。十六七的年纪啊，谁不曾爱慕虚荣过？就像母亲不管如何劝说，我都不肯以单亲家庭这个理由向学校申请补助和减免学费一样。

姨父的亲戚在城东火车站开了一家饭店，因为稍具规模，客源较广的缘故，每天都会有满满两桶泔水。

出于对孤儿寡母的怜悯，他们决定免费让母亲把这些泔水拉去喂猪。

母亲乐坏了，每天中午刚从地里回来，便迫不及待地去饭店拉泔水。两桶油腻酸臭的泔水，在宽阔的马路沿途散发着刺鼻的气味。

学校坐落在去饭店必经的路上，那时，我正好放学。为了躲开母亲和那两桶使我难堪的泔水，我特意走另一条小道回家。母亲很少走这条小道，因为这条小道有一个极斜、极陡的坡。

我和母亲到底在这条狭窄的路上碰面了，她穿着沾满猪粪的黑色高筒水鞋，蹬着漆色败落的三轮车，拉着两桶令众人捂鼻狂奔的泔水急速前行。

显然，她正为蹬上前面那条使人望而生畏的大坡而做最后的冲刺。她没有看到我，我隐藏在一群蓝色校服的深处，模仿众人，捂住口鼻。

黑色的轮子在风中旋转得越来越慢，终于，在大坡的中途停了下来。母亲立起臃肿的身子，艰难地踩住踏板，试图阻止车轮向后倒退。

她回过头来，焦急地朝人群中搜索，看是否有熟人经过，上前出一把力。她认出了人群中的我，此刻，我和她虽近在咫尺，却深觉远隔天涯。

我低头拒绝了她用眼神发出的求助，她一个踉跄从踏板上跳了下来，狠狠地抓住车厢上的扶手，拼命往上拽。

此刻，她浮肿的背，弯曲得如同三月清风中的镰刀。她走得极慢极难，一步一落，像是要把冰凉的大地踩开。晶莹的汗珠顺着凌乱的头发顺次滴落，她的上身渐然与坡面平行……

就在我犹豫是否上前的瞬间，两个衣衫白净的少年，呼哧呼哧上前推住了笨重的三轮车。

那天，母亲始终没有说一句话，屋里沉静得如同黑暗的地窖。

几年后，我大学毕业，母亲终于因为腰肌劳损和骨质增生躺在了病床上。对当年的事，她照旧绝口不提，但我却无法忘记那条斜陡的坡和在三轮车上摇摇挣扎的母亲。

它们像一柄雪亮的尖刀，深藏在母亲涌出的热泪中，使我这么多年都不敢直视她的眼睛。

选自《考试报》2013 年第 45 期

年轻的时候，我们都固执地认为，自尊心是最重要的东西，所以拼力呵护着，哪怕是跟最亲爱的人保持距离。可是后来才明白，一个不疼爱自己母亲的人，是没有自尊心的。爱，才是最大的自尊心。

原本不能承受的重

文 / 雪炘

我宁肯为我所爱的人的幸福而千百次地牺牲自己的幸福。

——卢梭

一

“快跟我去医院……”

我还没反应过来，就被小丝拉着狂跑起来。

我猜不出发生了什么事。

一切都被奔跑搅乱，我只能看到她嘴巴一张一合，然后加速奔跑。

推开门，蕾子面色如纸地躺在床上，血液猛然涌上我的头顶：“你怎么了？”

蕾子一把搂住我的脖子，像个受伤无助的小孩儿，歇斯底里地哭着。我听不清楚她的发音，只觉得她的心脏仿佛跳出了心房，震动了我神经可以触及的每个角落。

二

坐在通往重庆的车上，我盯着窗外，耳畔很静。

忘记我们是什么时候认识的，曾经的一切都在我的记忆里模糊不清，

只记得他的一段自我介绍：

“你好，我是高三 12 班的花木林，就是你的学长，也算是校友了。你是新生，对学校的环境应该不熟悉吧，以后有什么问题可以来找我，我们教室就在东 3 楼第二个教室。你的文章写得很好，思想很透明，我想和你做朋友，可以吗？”

从我在校园论坛上贴文章开始，便得到很多校友的支持，朋友接二连三地交，在论坛里聊得热火朝天。只是这些人中女生居多，男生几乎没有，他应该是第一个。但生活中认识我的人很少，确切地说，是我不希望被认识。

小丝看完他给我的几封风格一致的私信，在 QQ 上大笑，“花木林是不是花木兰的曾孙？人家替父从军，他会做什么？哎，要不，我帮你去探探底？”

“你？！”

这点子也可以用在生活中啊？偶像剧里常常这样，开始是帮忙去探底，紧接着就是爱上人家，最后发展为三角恋。想想都恐怖。但花木林好几次要见面，所有拒绝的理由都被我用光了，我实在消磨不了他锲而不舍的精神。

我不会爱上男生，男生更不会爱上我，虽然有些悲催，但绝对不会出现三角恋。如果花木林爱上小丝，或者小丝爱上花木林，要么他们直接相爱，那我也算积德了。

通过以上的缜密思考和分析，我决定让小丝假扮我去赴约，于星期天下午 5 点在学校对面的书店里碰面。

三

星期天下午，我如往常坐在教室里，等着上自习。

离上课还有不到十分钟的时间，小丝疯疯癫癫地跑进教室，说我亏大了。她笑得小脸通红，还不忘时刻整理着过长的斜刘海，打嗝儿似的说着话。

这笑引无数校友竞崴脚，教室门口时不时探进脑袋，本班男生断断续续发出嘲讽声：“丝姐，您是拾金自昧了，还是……哈哈！”

本想反击，可班主任来得不偏不倚，她便顺势溜回座位。班主任点名方式很有趣，总是问谁没来，每次她都会小声嘀咕，没来的都不在教室。而这一次，她却第一个大声说：“严蕾没来！”

班主任调查情况，她只好站起来支支吾吾。

“报告！”

一个穿着灰色男式外套的长发女孩儿，脸庞像火炉似的，低着头快步走向座位。神哪，我得罪了哪位仙人，恬静温柔的蕾子竟然这样了？

我不寒而栗。

四

已是深冬。

我继续活跃在校园论坛上，仍旧收到花木林的评论，只是他不知道和自己很熟的女孩儿并不是我。虽然他经常和我聊天，虽然我经常见到他，虽然我们经常议论他，但他不认识我，也不曾说过一句话，我只在他生气小丝叫他“小日本”时笑笑。

寒假将至，在大家的兴奋中，我却听到蕾子对小丝的深深叹息：“我们能不能不要互换角色了？这样对他不公平，对我们也不公平。”

小丝立马意识到蕾子喜欢上花木林了，虽然她极力否认，但事实总是不能被掩饰的。他的一笑一颦，他的一言一语，他的举手投足，都会被蕾子当作经典来讲述。我和小丝面面相觑，接着阴阳怪气咳了几下，她便脸红如朝霞。

每次碰到花木林，我和小丝就会不自觉地为他让出一条道，笑着快速

离开。有时候打水、打饭很拥挤，花木林就帮我们一把，然后跟蕾子叮嘱几句便离开。相处时间久了，他便觉得我是个高傲的女孩儿，总是插着耳机自顾自地听着，最多只对他笑一下。蕾子只能笑笑，她不能说出事实，也无法解释我喜欢戴耳机的原因。

生活是很奇妙的。

本来是小丝替我赴约的，因为想演出儒雅气质，便拉着蕾子作陪。碰面之后，小丝大笑，说他长得像日本鬼子。花木林便觉得她肯定不是我，就对蕾子格外照顾。她不服气，跟他争吵，问他为什么要主观臆断。

小丝说话从来都是手足并用的，一不留神打翻奶茶，蕾子的外套被重度污染。见此情形，小丝便承认自己不是主角，然后逃离了现场。蕾子喊她回来，她却高喊，有花木林就没问题。

蕾子很是生气，竟然这样把朋友丢给一个陌生人，而且是在众目睽睽之下。眼看就要上自习了，她没有其他更好的办法，只能穿着花木林的外套赶回了教室。

生活就是这么具有戏剧性，有些相遇是错误状态下的欢喜。

她想挣脱这个牢笼，却怕自由之后，失去一直想要留住的东西。所以，她整个寒假都处于矛盾中，那些快乐和悲伤好像都不是她的。看她这么痛苦，我鼓起勇气，要去告诉花木林事实。她却极力阻拦，并找了一个很充足的理由，努力说服自己，说服我——

不管快乐的理由是不是真的，但快乐是真的，这就够了。

五

新学期没什么不同，时光还是那么转，蕾子在花木林面前仍是我。

教育局送来各种荣誉证时我才知道，上学期市里作文竞赛的亚军得主是我。花木林得知这个消息后，在我们教室门口透视，小丝便把蕾子轰了出去。

这是他第一次来我们班，手里拿着一串阿尔卑斯糖，像一根短路的电杆站在那里。而不幸的是，在剧情还未展开时，班长喊了我的大名，叫我去后台准备领奖。当我走过他面前，他脸上有的不只是迷惑，更多的是不知所措。

从此，他如同庄稼地里的野草，再没出现在曾经的庄园。我和小丝倒没什么，急的是蕾子，问怎么办。我说，都这样了，就这样呗。

就因为这句话，蕾子和我大吵，说我太冷血。我不再说什么，只是觉得心痛，好好的姐妹，竟然为了一个不相干的男生变得这么不可理喻。

我们各走各的路，各看各的风景，像一盘沙子无情地被打翻。我以为自己可以平静地从她身边走过时，可每次看到她走近，心就会不由自主地狂跳起来。当我紧握手心与她擦肩而过，像经历了一场惊悚狠毒的战斗，咬着嘴唇掉下了眼泪。

是什么让我们如此倔强？我不知道，只觉得自己真的没有错。

或许我们之间的矛盾永远无法化解，只能这样沉寂下去，因为高考很快就到了。花木林和我们各在天涯，而蕾子，始终没有勇气再面对他。

六

我义无反顾地选择了文科，蕾子和小丝都成为了理科生，我们到了不同的班级。本来已经尘埃落定，有趣的是花木林出现在了开学典礼上，并娴熟地做着服务生。

“什么情况？！”小丝惊呼。

我诧异。

蕾子的喜悦远远大于惊讶。

后来听说他落榜了，回来复读，还在12班。然而，我们比陌生人更陌生，没有丝毫联系。我开始和新同学出入，过三点一线的生活，上演着习惯了的尴尬。

11 月初的演讲赛是学校的死规矩，从 10 月份开始，大家都投入准备。老同学知道我会写，于是纷纷找我写稿，我没答应。我宁愿告诉他们写作思路和方法，或者和他们讨论修改，也绝不会帮任何人写稿。

令我惊诧的是，花木林也来要演讲稿，而且是为别人。我还没有说话，他就把纸和笔按在课桌上，表情比严冬还冷酷："你是撒谎成习吗，有时间看课外书，没时间帮同学写稿？"

我瞪了他一眼，继续看书。

"你把别人当傻子吗？被你骗了就自认倒霉，连一句解释和抱歉都没有，你继续逍遥自在……"

"砰——"

我把手里的书重重摔在课桌上，揪住他的衣服，在众人瞩目中位移到操场。

"想报仇吗？"

不知他是被这句话镇住，还是被我的声音吓着，愣了大半天。当小丝和蕾子赶来问发生什么事时，他才装出比哭更痛苦的笑容："没事，没事。"

奇怪的化学反应就此展开，我和蕾子和好如初，他和蕾子成了朋友。我看不到原因，也找不到分水岭，仿佛从我们把背影丢给他的那一刻起一切就都变了。

七

我对他视而不见，这么滑稽的人，我连微笑都省了。

元旦晚会要求各班出节目，我和十几个女生被选，一起编了舞蹈。每天放学，我们都在教室里排练，蕾子和花木林准时探班。排列队形时，我发现淘汰一个人会更好，但又不想淘汰任何一个。这时，便听见有人说："你自己退下嘛，反正跳舞不能戴助听器，很难跟上节拍。"

"你会不会说话啊？！"花木林一跃而起。

“少废话！”我一脚踹翻一张课桌，压得他动弹不得。

20天后。

大幕拉开，灯光、音乐就位，我们尽情舒展舞姿，像梦幻精灵跳跃在舞台上。音乐渐渐接近尾声，大家各自到达落幕的位置。我脱离队列，在最前方摆出造型，扬起高傲的嘴角，扫视全场。

在掌声雷动的那一刻，一切都已释怀。

花木林不敢看我的眼睛，说我的眼神透露着女王的气势，仿佛所有人都将被征服。他入伍时，我们去饯行，他依然这么说。

凛冽的寒风刺痛着脸庞，我才发现我们习惯了他笑比哭更痛苦的表情，也习惯了他执拗的言行。蕾子不住地点头，点着点着，眼泪就掉了下来。

八

空间距离使我们亲近了许多。

部队不能带手机，他每次都排很久的队，给我们打电话，还经常开玩笑说，他当兵除了保家卫国，还为了更好地保护我们三个。

他第一次回家探亲，我们已是大学生，他便跑了三所大学。后来，我们去部队看他，他开心得像个孩子，请假带我们去玩。那时候，他已是班长，他的兵问哪个是嫂子。他说：“这三个，一个温柔，一个凶悍，一个是女王，你们觉得是哪个？”

他的兵齐喊：“女王！”

他用帽子磕他们的头，说，笨死了，那我不成太监了？

虽然这个逻辑是错误的，但不可否认，只有蕾子适合爱情。小丝太散漫，我太注重前途，而蕾子小家碧玉。她可以为他守候，为他照顾好家庭，做一名合格的军嫂。

他在执行任务中受伤了，听到这个消息，蕾子当场晕倒。虽然伤得很重，但他还是扛住了，他说军人从不食言。当我们赶到重庆，他已度过了危险期，蕾子抛开哭泣，细致入微地照料着他，并讲起这些年和那些年的事。

失恋、受伤、彷徨、奋斗，我们都经历了，曾经很冒险的梦也渐渐成熟。像花木林的承诺和蕾子的爱情一样，梦想让我求生，使我坚强。当我曼妙地起舞，当我把音符从钢琴中准确弹出，当我用不清晰的语言清晰地和人交谈，谁又能想到我原本是聋哑人呢？

诚然，爱总给人不死的力量，使我们坚定地走每一步，为它承受原本不能承受之重。

选自《新青年·珍情》2013年第7期

生命是轻薄的，因为爱，才使它厚重了起来。我们曾经是弱小的，后来就有了力量，我们变得懂得如何去爱一个人，我们因此长大。

朋友的定义

文 / 罗光太

真挚的友谊犹如健康，不到失去时，无法体味其珍贵。

——培根

最陌生的同桌

在大家眼中，我的同桌苏瑞是一个很不合群的人。

苏瑞整天我行我素，形单影只。他的脸上总挂着一副淡淡的表情，就算考了年级第一名，或是在什么比赛中得了不错的名次，别人为他欢喜尖叫，他却依旧不喜不惊。课间休息，我喜欢几个人聚在一起聊天，而他坐在边上，充耳不闻。

我的性格和苏瑞完全相反，我爱凑热闹，喜欢呼朋唤友。我害怕孤单，害怕一个人发愣。我和苏瑞虽然同桌了两年时间，但关系一直浅浅的，我从来不觉得我们会成为朋友。我想，苏瑞也从来没有把班上的任何一名同学当朋友吧。

其实大家都喜欢苏瑞，他很帅，成绩优秀，主动与他交谈的人很多，但他像是一块拒绝融化的冰，喜欢沉溺在自己的世界中。当然，苏瑞不是孤傲，面对别人热情的问候，他会点头回应；别人向他请教作业，他也会耐心讲解；有同学遇到什么困难，他也会帮忙，但他从来没有表现出跟谁

关系特别好。

我曾经问过苏瑞这个问题，他说，我的心事为什么要告诉你呢？普通的一句话，把我堵得哑口无言。

道不同，不相为谋。我和苏瑞只能是最陌生的同桌。

为朋友"两肋插刀"

刚同桌时，我其实挺欣赏苏瑞的，觉得他成绩好，性格也不张扬，是个内敛而且有才华的同学。他最初拒绝当班长的举动，在班上还曾引起过一阵轰动。十几岁的年纪，谁都希望得到别人的重视，特别是被老师认可，那无疑是一种荣耀。可是苏瑞，他无视老师对他的欣赏，直接就拒绝了班长这一职务。

同学们背后议论，说苏瑞特立独行，也有人说他是耍酷。苏瑞面对别人的非议若无其事，但他的这个态度惹恼了后来的班长黄艳。黄艳是个好强的女生，她一直觉得她担任这个班长，完全是苏瑞让的。

虽然她一直是个尽职尽责的好班长，深得大家的喜欢，但一谈到苏瑞时，她心里就窝着一口气。她不仅在学习上总是与苏瑞一争高低，只要是苏瑞的强项，她都努力做到最好。我明白她的心思，她只是想向大家证明她的实力。

我和黄艳关系不错，她也特别在乎身边的朋友。"朋友"在我俩心中都占据很重要的位置，并且随时都愿意为朋友"两肋插刀"。为了朋友，我撒过谎，我知道朋友逃课是为了到网吧玩，却对老师说，他家发生了一点意外；为了朋友，我在考试时把答案偷偷传给别人，虽然我最反感考试作弊；为了维护朋友的利益，我曾颠倒是非，把责任全推到与朋友发生矛盾的其他同学身上，让对方背上黑锅……只要是为了朋友的事，我都会降低自己的道德底线和原则。

苏瑞说我心里装的全是朋友，却没有我自己，还说我对朋友的方式完全错误。我说他不懂，他根本就不曾有过朋友，又怎么能够理解好朋友之间那种为了对方宁愿自己承担一切的心思呢？苏瑞看着我，浅浅地笑起来，嘴角扬起两道好看的弧线。我没跟他再说，只感觉他挺自我的，从来不会在意身边的人。

我一直好奇，苏瑞是不是受过什么刺激才变成这样，还是天生就如此？

这个人真怪

黄艳的班长其实当得很累，在老师问到班上的情况时，她既不能撒谎，包庇同学，又不愿意实事求是地把真实情况说出来，很是左右为难。

自习课上，为了维持班级纪律，黄艳委曲求全，总是言不由衷。有时，为了不得罪朋友，她只好赔着笑脸，尽拣好听的话说；为了博取大家的好感，她把自己变得完全不像自己。我觉得黄艳太虚伪了，可是我自己，不也如此吗？

一天，为了一件小事，我和班上的几个好朋友意见分歧，产生了争辩。我是想坚持原则，但是连黄艳也不支持我的意见，一边倒的局面让我颇为尴尬。我坚持了我的原则，却得罪了一大群的朋友，他们商量好似的集体排斥了我。

原来每天总是一大帮子人一起来来去去的，现在只剩下我孤单一人。我很难过，心里郁闷得不知所措，但我又觉得自己没什么错。苏瑞并不清楚我发生了什么事，他见我每天下课再不像过去那样呼朋唤友地聚在一起聊天感到奇怪。

我白他一眼，没好气地说："管得着吗？我心情不好。"

没想到苏瑞居然不介意我的不友善，他微笑地说："怎么啦？说说看。"

一肚子的苦水正需要一个出口，我絮絮叨叨向他倾诉起来。苏瑞听得很认真，时而点点头，时而皱眉凝神，最后他说："事情总能解释清楚，干吗要闷在心里独自苦恼呢？""我想好了，就和你一样，即使身边没有朋友也过得很好。"我愤愤地说。

"我怎么就没有朋友，你们不都是我的朋友吗？"苏瑞说。

"我们算是你的朋友吗？你都很少理睬我们。"我说，那一瞬间，我突然忘记了前一秒我还把自己和朋友划清了界限。

"可能是我们对朋友的定义不同，还有就是对待朋友的方式不一样吧。"苏瑞说。

对待朋友的方式不一样？

我有点糊涂了。

苏瑞这样的算是朋友吗？他总是一个人独处，很少跟人说话，更不用说亲密无间地相处，可是苏瑞愿意帮助别人，总会在别人需要帮忙时主动出手。

我记得有一次学校黑板报评比，我们班的板报一直由黄艳负责，她的粉笔字不错，但她不擅长画画。那期板报按内容需要画一幅"雷锋的头像"，黄艳不会，我和其他几个一起出板报的同学也画不好。苏瑞当时在教室看书，他听到我们的话后，主动说他来试试。

还别说，苏瑞一出手就是不同，他在很短的时间内就画出一幅栩栩如生的雷锋头像。在大家对他赞叹不已时，他却局外人一样先走了。那期板报评比，我们班得了第一名，大家叫好声一片，但苏瑞又恢复到了以前一脸清冷的样子。

黄艳告诉我，她对苏瑞总有种力不从心的感觉，虽然她一直咄咄逼人地与苏瑞竞争，但他根本不当一回事，她碰到困难时，他常会主动出手。说是朋友吧，他们少有交流，更不曾有过单独的接触；不是朋友吧，他又总能急人所急，站在对方的角度替人着想。“这个人真怪。”这是黄艳对苏瑞最直接的评价。

苏瑞喜欢自省，喜欢独自冥想，喜欢清静的生活。或许是性格不同，他不喜欢向人倾诉，但这是不好的行为吗？苏瑞这样的朋友不好吗？

我第一次认真考虑了“朋友”这个词，青春终究是一场独自的修行，朋友很重要，但朋友代替不了自己。与人为善，这是做人的底线，我需要朋友，但我更需要一个真实的自己。

选自《才智》2014 年第 11 期

我们需要朋友，需要温暖，可是前提是每个人都是独立的，我们在一起彼此靠近，并不是为了去参与对方的生活，只是想取暖而已。

你笑的样子很美

文 / 阿杜

真正值钱的是不花一分钱的微笑。

——查尔斯·史考勃

我是从镇中学考进市第一高中的。刚入学时，自我感觉良好的穿衣打扮在走进教室时就遭到了班上同学无情的嘲笑，我还听到有同学小声嘀咕：“村姑来了。”我羞红着脸，恨不得马上挖个地洞钻进去，永远也不出来，心里也就深深地恨上了这个班上的同学。

林爱珍比我迟来，她进教室时，大家更是哄堂大笑。她的窘迫我看得很清楚，但她依旧红着脸深深地向大家鞠了一躬才坐到我旁边的空位上。

据我观察，在这个班上，就我们两个女生穿得最寒酸和土气。自然而然，同住一个宿舍的我们就走在一起，成为形影不离的好朋友。

生活在繁华的城市里，没过多久，我也学着班上其他女生的样子，把自己打扮成漂亮、时尚的女高中生，我拉直了自己微卷的头发，我也会把自己漂亮的衣领从校服里翻露出来。可林爱珍依旧如故，半个学年过去，她还是穿着她从家里带来的土气的衣服。就是穿着校服，她的样子也是土土的，皮肤暗淡无光。

但她一向大大咧咧的，根本不在意自己的穿着打扮，体育课上，女生们都会躲在树荫下纳凉，就她一个人在烈日下的操场上狂跑。她学习很认真，除了英语外，其他科的成绩都很好。在班上，她和我很好，但她对其他同学，也是笑容可掬，似乎和谁都很亲密。这点是我最看不惯的，想想其他同学对我们的嘲笑，我就无法原谅他们。

我没办法做到她这样，那些被人嘲笑的窘迫，一直浮现在我脑海中，别人脸上那些嘲弄、不屑的表情，我一直铭记着，怀恨在心。即使后来大家渐渐熟悉了，我也是冷若冰霜，不和城里的同学，特别是那些嘲笑我的同学交往。我只把林爱珍当成朋友，最好的朋友，我们是同桌，也是同一个宿舍上下铺的姐妹。

我就不明白，林爱珍为什么每天总是那么快乐？她对每个人都很友善，似乎早已忘记当初被人嘲笑，被人排斥的日子。

刚开始时，我们的英语都很差，特别是口语和听力练习，但考试还行，只是无法开口说，同学们嘲笑我们的英语是“夹着酸菜味”的。经过一年的努力，我们天天抱着复读机练习口语，第二年的全校英语演讲比赛，我们都获奖了，倒是那些嘲笑过我们的同学，一个也没有站在领奖台上。

常有同学向我们请教各科难题，我总是面无表情地拒绝，不是说不会，就是说没时间。倒是林爱珍，来者不拒，很详细地给对方讲解，有时，因为帮助别人讲解习题，搞得自己的作业都没时间做。

“你不累呀！天天乐呵呵的，还有空给别人讲解习题？简直浪费时间，他们早干吗去了？”我不满地问她。“既然会，就告诉别人了，给他们讲解一遍，我自己也加深了记忆呀！”她笑着说。

“笑什么呀？用得着整天笑容满面地对他们吗？他们那么自私，难道你都忘记了最初他们是怎么嘲笑你的吗？”我绷着脸，严肃地说。

“但是那些事早就过去了，不是吗？一直怀恨别人，不累吗？”林爱珍说。

“我真的无法理解你！别人伤害我们，你还笑脸相待，我做不出来，尊重应该是互相的，不是吗？”我企图说服她。

林爱珍又笑着说：“玫子，你每天过得快乐吗？”“和你在一起，我就快

乐，和他们在一起，我就不快乐。”我揽紧她的肩膀说。“其实，快乐要自己去获取的，我们改变不了别人，但我们可以学会调节自己的心情。”林爱珍偎在我身旁说。

“调节自己的心情？”我疑惑地问。

“是呀！快不快乐是自己的事，与别人无关，但你对人说话时，多一点笑脸，多一点热情，你自己也会更快乐一些，不是么？生活是一面镜子，你对它充满笑容，它就会回报你快乐，整天拉着张苦瓜脸，不郁闷死了。”

“是不是面对我的苦瓜脸，你很郁闷？”我不快地问。

“和我一起时，你笑脸盈盈，我哪会郁闷。我是希望大家都能看见你灿烂的笑颜，你知道吗？你笑的样子很美，看着就是一种享受。”林爱珍说，眼中闪烁着真诚的眸光。

其实我知道，林爱珍的笑容才是最美丽的，让人如沐春风。她待人真诚，乐于助人，每个同学都喜欢她。她有她的快乐原则，那就是：用一颗宽容的心面对每个人，这样自己也可以更快乐。

选自《少年文摘》2010 年第 9 期

拥有一颗宽容的心，处处爱人，就像是卸下了万千重担，走到哪里都会是一身轻松。

最“难缠”的女生

文 / 安一朗

朋友丰富人生。

——林肯

一

班上的女生中，白沫沫是我最好的朋友，我们算是“不打不相识”了。

刚上初一时，为了在老师和同学眼中留下好印象，顺利当上班长，我们明争暗斗，比成绩，拼人缘。我小学时当过六年班长，所以我觉得上初中后继续当班长是理所当然的。没想到来自另一所小学的白沫沫，也连任过六年的班长，她觉得“班长”这个位置非她莫属。

我们都不服气对方，心存芥蒂，但表面上，我还是装出一副大度的姿态，以博得众人的好感。眼尖的白沫沫马上发现了我的小伎俩，她不屑地说：“装什么装？明明心如针眼，还搞得自己心胸有多宽大一样。”

计谋被她当面揭穿，心里虽然不舒服，但我不能跟她计较，就是装，我也要继续装出一副“宰相肚里好撑船”的架势。竞选班长的事马上要进行了，我可不能在这节骨眼上翻船。再说了，我努力了那么久，哪能轻易地放弃呢?

白沫沫见我不接招，没办法了，她愤愤地说：“你可真有能耐!”我笑笑，不置可否，结果不出所料，我以高票当选班长，白沫沫只能“心不甘

情不愿”地协助我，当个“副班长”。

老师公布选举结果时，我偷偷地瞟了她一眼，没想到，她正怒视我。我一脸明媚笑容，朝她挥挥手，气得她直翻白眼，一个劲地抓狂。

放学后，白沫沫在路上拦住我。她站在阳光斑驳的树荫下，等我走近时，扬着头说：“等等，走那么快干吗？心虚呀？”我最恨别人威胁我，于是不屑地回应：“手下败将，有什么好心虚的？”

“你还真得意呀？当个班长了不起吗？”她撇嘴说。我看她愤怒的表情，紧蹙的眉头，不觉好笑，当然了不起啦，要不，你难受什么呢？但仔细想想，我觉得我还是不能和她闹翻，毕竟以后得和她配合，万一她总使小性子，那工作还怎么开展呢？

思忖片刻之后，我缓缓地说：“我们讲和吧，以后还得一起协助老师搞好班级工作呢。”她正摆好架势准备和我“唇枪舌剑”一番，没想到我会这样回应，一时有点闷了。“我想，你比我大度包容，这点小事，应该可以做到吧？”趁她没说话，我再退了一步。

“以退为进”，武侠书里都是这么说的，她果然收起了咄咄逼人的表情，再也没吭声。

二

白沫沫真是一个难缠的女生，别看她表面上顺从我了，但每次班会课，我提一个建议后她总是接过话茬儿，不反对，却另有主张。害我每次为了说服她得费尽口舌，有时，提的建议考虑不够周全时，就会被她“反将一军”，陷入被动局面。

累死了，这个班长当得我精疲力竭。我在学习成绩上不能输给她；为了得到大家的拥护，我还要尽可能地和大家处好关系；为了起表率作用，给大家有个好评价，我不能再和她抬杠，得考虑大局，还得时时站在她的角度考虑问题……这一年的班长当得很辛苦，可我又不愿意把“班长”的职位让给她。

白沫沫学聪明了，她不再当面发难，就算我说的话她很反对，她也不会马上嚷嚷，而是微笑着分析利弊，直切要害，一语就让我哑口无言。

有一次老师提议我们班进行“学雷锋活动”，我看别的班不是去扫大街，就是到街上清洗小广告，要不就是到老人院帮帮忙，于是建议也这么做。

老师正准备拍板时，没想到白沫沫举手了，她说，这么做好是好，很简单，但没一点意义，不过就是走形式。老师听了白沫沫的话后，愣了一下，让她继续说。

于是白沫沫口若悬河，发表了一通大道理，最后她说：“我觉得，我们要做就做得真诚一点，做些有意义的实质性的事，而不是摆摆花架子，走走形式。无论是去扫大街，还是清洗小广告，或是到老人院帮忙，我们都要持之以恒，当一件重要的事来做，长期进行……”

没有掌声，白沫沫的话结束后，大家面面相觑。有同学在底下轻声嘀咕：“谁有那个劲长期去扫大街呀？这个白沫沫太爱表现了吧？”“要长期扫就她自己去，我倒要看看，她能坚持多久呢？”“还持之以恒呢？吃饱了撑的。”……

白沫沫应该也听到了大家的非议，我以为她会收回自己的话，毕竟我们平时在家是连碗都懒得洗的人，真能坚持吗？再说了，“学雷锋活动”不就是走走形式吗？看大家的反应就知道没有人会支持她，这白沫沫真是“聪明一世，糊涂一时”，这不是给自己找罪受吗？还让同学怨声载道。

我看了她一眼，希望她不要坚持下去，没想到她却将矛头指向了我。当老师询问大家的意见时，没有人吱声。白沫沫又站起来，环视众人一眼后，说：“这事，我想听听班长的意见。我想班长肯定会支持我的，就算别人不参加，班长也一定会参加。就算只有我们两个人，我们也要做起来。”

有人鼓掌了，还有人起哄：“那就你们正副班长去吧，我们不奉陪了。”

白沫沫到底想干吗？让我下不了台，表明她比我高尚？突然间想到她

在老师面前这样激我，如果我不支持她，那不就……没有选择，我只能支持她了。

“你们真的会长期做？”老师的话让我捉摸不透。

“我们会的，请老师相信我们。”白沫沫肯定地回答，替我也做了保证。

三

我真是恨死了白沫沫，这个难缠的女生，她设计拖我下水。

从那时起，我每个周末都不能自由活动了，我得跟着白沫沫一起去老人院，陪老人说话，有时唱歌给他们听，有时喂饭给他们吃，做一些我们力所能及的事。

我还注意到一件奇怪的事，在我面前难缠带刺的白沫沫，一到老人院就像变了一个人，她脸上挂着亲切的笑容，柔声细语地和每一个老人说话。那些老人似乎也特别喜欢她，一看见她来了，都会咧开嘴笑，沟壑纵横的脸上笑成了一朵朵盛开的雏菊。

“妹妹来了。”他们看见白沫沫时，都会这么叫，听得我头大。这个白沫沫，真有那么大魅力？连老态龙钟的爷爷、奶奶都那么喜欢她？虽然他们也很亲昵地拉着我的手，但我感觉我是沾了白沫沫的光。

我第一次听到白沫沫唱歌，她唱《九九艳阳天》，唱《弹起我心爱的土琵琶》，歌声嘹亮，音域宽广，惊得我掉了一地的鸡皮疙瘩。她还真是深藏不露呀，会唱那么多红歌。虽然我也唱，但我只会唱现在流行的歌，那些老人不爱听。

去了几次后，我渐渐也和那些老人熟悉了，原来他们叫“妹妹来了”，其实是说“沫沫来了”。而且我还从老人嘴里知道，沫沫经常去看望他们，有时自己去，有时和爸妈一起去，每次去都能给他们带去很多快乐。老人和我说话时，我转头看了看在另一边正和颜悦色陪一个老大爷说话的白沫沫，突然觉得她是一个那么恬静美好的女孩子。

一个颇像我外婆的老人待我特别好，每次我去，她一看见我，就会情不自禁地牵住我的手，然后嘴角抖动，似乎有很多话想对我说。但我知道老人永远也无法说出一句我听得懂的话，她是聋哑人，支支吾吾中，发出含糊不清的几个音。沫沫告诉我，老人的亲人都不在了，她现在孤身一人。老人的目光充满了慈爱，怔怔地望着我，让我想流泪。

就像经历了一场洗礼，每次从老人院回来，我对人生的看法和想法似乎都变得更加纯粹，对白沫沫也有了全新的认识。她并不是我表面上看见的那般难缠，她的心如水晶一般晶莹剔透，她在老人们面前甜美微笑的样子才是真实的她，那么美丽，那么善良。

我很庆幸我没有错过和白沫沫一起到老人院看望那些年迈、慈爱的老人家，他们对人生的通透感受将让我们受益一生。每个老人都是一个宝。这是白沫沫对我说的，她还说，她知道我一定不会拒绝她的提议。

好朋友没有固定的模式，我们在竞争中找到自己的乐趣，在一起去老人院的时间里，我们不约而同都想到了一起。这个难缠的女生，其实她是那么可爱，值得我用心交往。

选自《当代青年·我赢》2014年第1期

我们都曾在某一个时间点，碰到那个“难缠”的人，我们斗嘴，玩耍，也在一起进步。如果有机会，请大声告诉他：谢谢你曾陪我走过芳华！

那时我们都那么年轻

文 / 胡识

我们离暧昧很近，可是离爱情，似乎又好远。

——独木舟

我读高中时为了在平安夜送一个苹果给暗恋已久的她，真是在桌洞里做着垂死挣扎，我把盒子里的苹果没完没了地拿出来又放进去。

高三那年，我坐在教室的角落里，是一个不起眼的男生，班主任对我从来都是不闻不问。她坐在前排，是一个品学兼优的女孩，每次考试都能拿全校第二名。

而那时似乎所有的同学包括老师都热衷于拿有恋爱倾向的人开涮，如果有男生在情人节那天给女孩子送礼物，当天就会遭到同学们的取笑，隔天班主任便会把两个人请到办公室喝茶。一想到班主任说教时肆意横飞的唾沫星子，我就会心有余悸。

但当我又想起这已经是我和她还能在一起读书的最后一年时，我不禁又鼓足了勇气。放学后，我在路上尾随她，我的心脏都快跳出肋间直到喉咙口了。我不停地给自己打气，对自己说：等她走到那家水果店后再冲向前把苹果送给她吧。可就在我准备拔腿向她奔跑的那一刻，我看见有很多个高高帅帅的男孩站在她的对面，他们都给她苹果，她笑得分外明媚。

昨天，班主任说她期中考试的总成绩比阿宽多出一分，拿了全校第一。她站在讲台上发言，我坐在下面呆呆地看了好久，她身穿一件紫红色的毛衣，扎着马尾辫，眼睛灵动有神，我把她的一笑一颦都记在了心里。我想等到第二天平安夜送她苹果时，对她说："阿离，你昨天穿的那件紫红色的毛衣真像这盒子里的苹果耶，我好喜欢。"

但我最终还是没有把苹果送给她，不知道过了多久，便一个人拎着盒子又默默地回到寝室。室友们看了看我，然后问："阿识，你臭小子收到女孩子的苹果了？"我晃了晃盒子，连声说："是啊，是啊！"

又顿了顿，"这是她，她送给我的……"可话还没说完，站在一旁的阿宽就从我手上抢过盒子，将它拆开，掏出苹果狠狠地在上面咬了一大口。我瞥了阿宽一眼，简直气得暴跳如雷，二话没说就甩了他一巴掌。结果，我俩撕打起来。

那是存在我记忆里最深刻的一次平安夜，挥之不去。

在后来的一次高中同学的聚会上，我听阿宽说，她从他们手上接过的那些苹果都是他们托她送给她的闺蜜们的，而那个平安夜，她一直在等我送她苹果。

年轻的我，可以为了送一个苹果而偷偷地蹲在水果店的门外，却不敢轻易进去。那是一种令我在成长的角落里哭了整整两个小时的情绪，而成长不就是一件重的礼物、痛的领悟吗？

选自《语文报》2013 年第 12 期

成长是疼痛的，那时的我们大概是孱弱的，所以才会没有勇气去追求自己的幸福。

茉莉花的温馨

文 / 后天男孩

风吹起如花般破碎的流年，而你的笑容摇晃摇晃，成为我命途中最美的点缀，看天，看雪，看季节深深的暗影。

——郭敬明

大四那年，他俩在一次摄影交流会上相遇，他被她的才貌深深吸引。他情窦初开，暗下决心一定要追到她，并发誓一辈子只对她好。可她的心里一直放不下另一个男生，为了不伤害到他，她决定躲开他，去对那个叫施岩的男生说出心底的爱。

那天，她一大早就把自己打扮得漂漂亮亮，并在花店买了一株茉莉花，她想施岩一定也会喜欢。

学校举办茉莉花大赛那天，施岩为了抢到那株最好看的茉莉花而不幸把腿摔骨折了，入了院。可还没等她将病房的门推开，她便透过玻璃看见施岩和别的女生紧紧地搂在一起。那个女生不停地说："谢谢你，施岩，谢谢你不惜一切为我去抢那株茉莉花。"

她的心猛地往下一沉，转过身，又拼命地低着头，眼睛直勾勾地看着手上的那株茉莉花。滚圆的泪珠一颗一颗打在花上，像沉重的叹息，又像无助的呻吟。她还曾自信地认为施岩是为她抢花而受的伤。

她举起右手，想把花扔得老远，突然，他一把抓住了她的手，说："花这般美，扔掉怪可惜的，不如送给我吧。"

她转过头，看着他，眼睛眨都不眨一下，她问："你的头，怎么了？"

他一边拿过茉莉花一边笑着回答："不碍事，一点小意外而已。"

她用手揩了揩眼睛又接着说："没事就好！"

"嗯？这意思就是你有事了？"他问。

"我，我……"还没等她继续说完，他又接着说："不如我带你去我的花店看看，或许心情会变得更好一些。"

她点了点头。

他的花店就开在学校附近，但她却从没有留意过，她去的最多的就是那家叫"花思燕"的花店，在那里有各式各样的花。当然，她只买其中一种花，那家店的老板便给她喜欢的花取了这样一个名字——茉莉思燕。

可他的花店没有名字，他只是用几十种茉莉花拼了这样几个大字——有一个女孩。

他不卖花，他的花店只给游客观赏，有一百多对新人曾在他的花店里拍过结婚照。他也是一名摄影师，他到过很多地方，拍过千山万水，但他只迷恋一座城。每年六月伊始，他就会托朋友从雅典寄来五颜六色的茉莉花。红的，白的，粉的，紫的，蓝的……

她说她最喜欢蓝茉莉，尤其是开在中间的那株，好像在哪见过。他笑了笑，说："给，蓝茉莉！"

那晚，她在他的花店呆了好几个小时，她发现自己越来越喜欢听他讲故事了，每次他讲到古希腊时的爱情故事，她的眼睛就会折射出一道道幸福的光。

她回到寝室后，闺蜜突然从她手中抢过那株蓝茉莉，说："蓝茉莉同学，这不就是学校比赛那天用的花吗？听说它被一个瘦瘦的男生抢走了，他好像还把头摔破了。"

"蓝茉莉同学，这是从哪弄来的，莫非……"

"别瞎说！"她把花又抢了回来，插在花瓶里。

那一夜，她怎么也睡不着，她好像看到他那天抢花的影子，他是那么执着，义无反顾。

学校举办茉莉花大赛的宗旨是：抢一株最好的茉莉花，送给 Ta。

他们毕业那年，他带她去了雅典，在那漫山的茉莉花海中，他向她求婚，她接过他送的戒指，满脸幸福地答应了。他和她的爱情就像茉莉花的花语：清纯，玲珑，迷人。

我在街上碰到她的这天，正是他和她结婚四十周年纪念日。她在这条街上已经卖了两个多月的茉莉花，她说，他罹患肺癌正在医院治疗。她想多卖出几株茉莉花，攒够钱，带他再去一趟雅典。

她没有怀孕的能力，他在三十二岁那年因为一次摄影跌下山而被截肢，他们和茉莉花相依为命。

这世上有千万种花，也有千万种爱，爱每经历一次花期都会变得熠熠生辉，生成一个个动人的故事。

选自《语文周报》2015 年第 45 期

每一朵花开，都有一个凄婉的故事。不管你摘的是哪一朵，都请你用心去珍惜。

Part 第三辑 03

我们是两条兀自流了多年的河

从白天到夜晚，从春天到冬日，时光在书页上被我匆匆翻过。我想人生其实也正如这一场漫长的旅行，我们会遇到很多人和事物，我们会留下笑颜，也会洒下泪水。或许在某一天的某一个角落，我们也会被其他人生行者以不同的方式纪念下来。

像葵花一样漂亮

文 / 王举芳

朋友是你送给自己的一份礼物。

——史蒂文森

一

早晨，刚进初二3班的教室，梅昕就对着才转学来三天的新同桌赵葵花大嚷："我不要和你同桌，你滚开！"说着把赵葵花的书本"哗啦"一下推到了地上。

赵葵花默默拾起地上的书本，眼里有泪光闪动。班长方舟走过来说："梅昕，你太过分了，老师安排赵葵花和你同桌有啥不对？你问问班里还有谁愿意和你同桌啊？你是不是想自己一个人坐啊？"

"反正我不和赵葵花同桌！"梅昕语气很强硬。

"那你说说为什么？"方舟盯着梅昕的眼睛。

"她大概半年没洗澡了，身上有味儿，不信你闻闻！"梅昕把赵葵花拉到班长面前。

"好了，不要再无理取闹了，赵葵花，坐回到座位上去。梅昕，你要是不想被班主任批评，就不要再闹了。好了，开始早读吧。"方舟和同学们各自向自己的位子走去。

赵葵花有点怯怯地看着梅昕，梅昕没好气地把凳子弄得东倒西歪，但没再说什么。赵葵花扶好凳子，把书本放到课桌上，轻轻地翻开课本，小声地念起来。

二

赵葵花家在乡下，那里有绵延着望不到边的葵花田，每个周末或是假期，她都喜欢跟着妈妈去看葵花田。特别是葵花开花的时候，她站在葵花跟前，不停地问妈妈："两朵葵花，哪朵漂亮？"

妈妈总是说："你是最可爱、最漂亮的那朵葵花，是妈妈心上的那一朵。"她就搂住妈妈，给妈妈一个甜甜的吻。

后来爸妈都去城里打工了，她寄居在外婆家。过年的时候，爸爸对她说："葵花，你有什么梦想？""我想去城里上学，电视上演的城里的学校好漂亮，爸爸，我能去城里上学吗？"

"能，现在农民工的孩子能跟随父母到城里，并可以在那里上学的。过了年跟爸去城里上学，好不好？"葵花使劲点点头。

就这样，葵花转学到了城里。

第二节课是语文课，老师让葵花起来背诵课文，葵花操着一口乡音，一字一句地背，梅昕突然哈哈大笑起来。老师说："梅昕，到教室后面站着去！"

"老师，你听，她的普通话说得多么不普通啊。"梅昕一边笑着一边走到教室后面的墙角"思过"。

下课后，梅昕一双怒目瞪着葵花："行啊，才来三天，就害我被老师罚站，有你的，你等着瞧吧，我一定要你好看！"

三

梅昕的来头可不一般，她的家境富裕，从小享受的都是公主待遇，就是现在，每天上下学，都是她家的司机接送。她性格乖张霸道，常和同学起冲突，很多同学都看不惯她傲气的样子，所以不愿意和她做朋友，她似一只自以为是的天鹅，渐渐被同学孤立。

那天是体育课，体育老师让同学们练习篮球，说篮球是中考的必考项目，必须好好练习。

轮到赵葵花了，篮球与她完全是陌生的。她按照老师教的方法，想把篮球握在手里，然后抛向地面，可是篮球似乎不喜欢她，任她怎样握都握不住，同学们发出阵阵嬉笑。看着葵花满是汗水的脸羞得通红，老师让她业余时间多练习，结束了她的尴尬。

赵葵花在教室外的过道里练习篮球，梅昕走过来，一把抢过篮球，说："来，我教你！接着！"说着，手中的篮球已飞快地砸向赵葵花。赵葵花躲闪不及，被篮球砸到，瞬时，脑门上鼓起一个包块。

走进教室，同学都问赵葵花额头怎么回事，赵葵花笑笑说："没事，练习篮球，不小心砸自己头上了，笨人真是没办法治。"同学们也都跟着笑了，这回，梅昕没有笑。

四

那一天课间，梅昕忽然感觉肚子疼，她坐在座位上来回变换着姿势，有几个同学看见了，走过来问她："梅昕，怎么了？"

"肚子疼。"

"是不是受凉了？"

"可能，我也不知道。"

"喝点热水吧，喝点热水会好些。"

梅昕拿起杯子看了看，只有一点点水了，她放下杯子，趴在课桌上，轻轻呻吟着。

"梅昕，喝点热水吧，我的杯子我反复用开水烫了好几次，不脏的。"是赵葵花，梅昕看着气喘吁吁的赵葵花，伸手接过了她递过来的杯子。

同学们懒于去接水，就是因为他们的教室离锅炉房最远。赵葵花看着梅昕喝了几口水，转身又跑出了教室。一会儿回来，对梅昕说："我跟老师替你请假了，走，我扶你去医务室看看，你能走吗？"梅昕站起来，手搭在赵葵花的肩膀上，两人走出了教室。

走到楼梯口，赵葵花对梅昕说："我背你走吧，你走得太慢了，有病可不能耽误。现在上课了，没人看见，快上来，别看我笨，我有的是力气。"

梅昕苦着脸笑了，但这次是发自内心的笑。

五

梅昕对赵葵花说："放学后咱们一起去书店吧，你不是不知道书店在哪儿吗？你这个笨蛋，城里车多人多路多，我真怕你会走丢。"

赵葵花笑了，轻快地跟在梅昕身后，向书店走去。

梅昕说："我那样欺负你，你不恨我吗？"

"咱是同学，又不是敌人，我为什么要恨你呢？"赵葵花用手抚摸着刘海，"我妈妈对我说过，人和人的相遇是件很美好的事情，世界上有那么多人，碰在一起是多么幸运的事。妈妈还说，我们每个人都要学做一株向日葵，坦然面对风雨，微笑迎接阳光，结出丰足的果实，向日葵一样的人，是最漂亮的。"

梅昕握住赵葵花的手，说："葵花，谢谢你的宽容。这样吧，以后你监督我，我要是再犯公主脾气，你就狠狠地踢我一脚，我绝不生气。我要是生气，你就再踢一脚……"两个人都笑起来。

"葵花，下个月我参加市里的绘画比赛，你能带我去看看你们老家的葵花田吗？"梅昕说。

"好的，这个季节，葵花应该开花了。"

六

梅昕跟着赵葵花来到了乡下，葵花田里的葵花开得正好，一朵一朵，轮子似的花朵。黄色的花瓣围成一个花盘，花盘中间是密密麻麻的金灿灿的花蕊。

每天清晨，葵花张开笑脸，迎接冉冉升起的太阳；中午，太阳当空，葵花向着太阳扬起金色的脸庞；傍晚，太阳徐徐落山了，向日葵又面向西方，恋恋不舍地和太阳告别。啊！多美的葵花呀！金色的阳光照进它的心里了。

“向日葵没有低头的时候吗？”梅昕问。

“有啊，在成熟的时候，它就会谦虚地、悄悄地低下头去。”葵花说。

梅昕若有所思。

梅昕的画在市里的比赛中得了奖，老师和同学都替她高兴，她的公主脾气也改掉了很多，她说因为她的身边有一朵葵花，给了她心灵阳光的指引。

她把那幅得奖的画送给了赵葵花，画的是赵葵花站在葵花旁，一脸阳光，背后是一朵朵迎风舒展的葵花，似在微笑。

画的左边有一行字：“像葵花一样漂亮！抬头，一脸阳光；低头，一身赤诚。”

选自《初中生学习·中》2014年第3期

我想，我们之所以成为今天的自己，往往是因为遇到了一些人，是这些人让我们变得更加美好。

范曾和朱军的莫逆之交

文 / 高小宝

士为知己者死，女为悦己者容。

——《战国策》

著名节目主持人朱军业余时间喜欢画画，一有空，他就拿起画笔信手涂鸦，时间久了，倒也画得有模有样，在朋友圈中攒了些名气。但朱军深知，自己是门外汉，对绘画只是略懂皮毛，很多技巧和意境全凭自己揣摩，而且画到一定程度便很难再有突破。因此，他特别希望能够得到画坛名家和专业老师的指点和帮助。

机缘凑巧，2008年的一天，姜昆请朱军去给著名画家范曾帮忙策划一个活动。一听是范曾，朱军登时眼前一亮，当即欣然同意。去的时候，他特意带上了几幅自己的画作。

范曾看到朱军非常高兴，两人一见如故，相谈甚欢。商量完活动的事，范曾见朱军手上一直拿着一卷东西，就笑着问朱军拿的是什么宝贝。朱军红着脸说，是他的几幅画，想借此机会让范先生指点指点。

范曾认真看起那几幅画，先是给了很高的评价，然后又一一指出其中的不足，当场令朱军受益匪浅，深感钦佩。

朱军忽然心里一动，起了拜范曾为师的念头。可当他把这个想法说出口后，范曾并没有立刻答应，而是从书架上抽出一本书对朱军说："你要拜我为师，就先把《离骚》背一半再说。"朱军听了心里直打鼓，楚辞的语言

风格和现代白话文大不相同，这不是在刁难我吗？心里虽然这样想，可他嘴上不敢说，只好拿上书拜别而归。

回家后，朱军怎么也想不通学画画和背会《离骚》有什么关系，可又想到范曾德高望重，知识渊博，这样做必定有他的用意。当下，便不再胡乱猜测，一心一意背起《离骚》来。尽管背的过程十分辛苦，但功夫不负有心人，半个月后，一部《离骚》还是让朱军背了下来。

范曾原本要求朱军把《离骚》背一半，没想到朱军竟全部背会了，他高兴他说："真是孺子可教啊！从今天起，你就做我的徒弟吧！"朱军大喜过望，当即倒地便拜。

范曾语重心长地对朱军说："我让你背《离骚》，就是想看看你对学画有没有足够的决心和努力，我收徒的第一原则，就是凡事要努力，你没让我失望。"朱军这才恍然大悟，同时也为师傅的良苦用心感慨不已。

此后，在范曾的悉心指点下，朱军画技大进。2012年"五一"期间，央视名嘴集体举办画展，场面异常火爆，朱军的画作深得范曾真传，受到圈内人士的一致称赞。

2008年8月，奥运会首次在中国举办，世界瞩目，身为主持人的朱军工作特别繁忙，他累得筋疲力尽，心情很烦躁，忍不住到师父范曾那里诉苦抱怨。岂料，范曾慢条斯理地说："你嫌累啊，那好办，回去找你们台长辞职，你不好意思说，我去。"

说完，便把朱军一个人晾在楼下，自己上楼看书去了。朱军傻了，本来是想让师父安慰他，没想却碰了一鼻子灰。

过了一阵，他上楼讪讪地对范曾说："我想通了，我还得干。"范曾语重心长地说道："要干，就不要埋怨，埋怨只能让你心情不畅快，还影响工作质量。既然这个事你又不能不干，那何不愉快地去干，不要好像自己受了多大委屈似的！"

听完师父一番话，朱军为自己的不成熟和冲动而感到羞愧。从那以后，他变得更加平和豁达，更加任劳任怨，连续多年蝉联观众最喜欢的节目主持人之一和获得多项荣誉称号。

范曾不但是数一数二的著名画家，而且是造诣颇高的国学大师，自从朱军拜范曾为师后，范曾不仅教朱军画画，还经常帮他指点人生困惑，引导进步。一次两人促膝喝茶时，范曾提醒朱军不要满足于做一个明星，而要做学问来丰富内涵。

据他所知，在实践岗位上的主持人到目前还没有谁写过专业著作，他建议朱军写一本实践的专业书，去填补专业的“空白”。继而他告诫朱军：“你该沉下心来做些学问了，不然太可惜了。”

对于写书，朱军倒也不陌生，此前他已出版过两部专著，不过写的都是自己的人生经历。师父苦口婆心的话句句敲打着他的心房，他决定把自己从业 20 多年的职业感悟做一次理论升华。

2013 年 10 月 22 日，朱军的新书《朱军荧屏悟语》正式出版，范曾不但亲自为该书写序，而且在发布会上，还从百忙之中赶来捧场，师徒情谊羡煞旁人。

多年来，朱军对范曾毕恭毕敬，有礼有节，范曾也对朱军厚爱有加，关心备至。两人惺惺相惜，坦诚相待，亦师亦友，相互扶持。虽然有年龄上的悬殊，但丝毫不影响他们的真心交往和对艺术对人生的美好追求。从某种意义上来讲，他们的交往，是对“莫逆之交”这四个字的最好诠释。

选自《人生与伴侣》2014 年第 18 期

人生得一知己，足矣！在经历过那么多虚假透顶的相逢和交往后才发现，人生走到最后，其实只需要一个知己！

那个不像我的人

文 / 黄治康

在父母的眼中，孩子常是自我的一部分，子女是他理想自我再来一次的机会。

——费孝通

一

我不知道他是从什么时候开始恨我的。

我与他之间感情的疏离，似乎并没有一个完全明显的分界点。早先我还年轻时，离开教师岗位，调进一家国营工厂，并通过自己的努力当上了厂长。风光的那阵子，被他的姥姥相中，他的妈妈很善良，但也懦弱、没主见。就这样，我成了他妈妈的丈夫，随后成了他的父亲。

儿时的他应该是快乐的，他的妈妈总是低眉顺眼地把全部的慈爱都给了他，而我，可以让他拥有比同龄人物质上更多的丰足。记得他抱着我给他买的会响的玩具机关枪、上了电池就能跑得飞快的玩具汽车，足足在小伙伴前炫耀了个够！他大声说："我的爸爸是世界上最好的爸爸！"

幸福的时光并没有持续太长时间，国营厂倒闭，我风光不再，成了无业游民。他精明的姥姥上门来了，她气鼓鼓地说："你不赚钱，怎么养家？怎么疼老婆孩子？"

我唯唯诺诺，大街小巷去晃荡，好容易看一家单位招临时工，竟是与几个以前在厂里的手下一起竞争岗位。我脸面全无，工作高不成低不就，求职终日无果。他妈妈什么话都不说，只是自己默默早出晚归到工厂做工。而他姥姥依旧天天上门，讽刺怒骂。

想到自己曾经的风光，我开始仇恨。压力慢慢变成了一个怪圈，我唯一愿意做的，就是用酒来刺激自己那点可怜的自尊心。

后来，我东拼西凑借了几万块钱，跟几个朋友合伙办了一个小型模具厂，效益虽然一般，但多少让我对生活有了些期望，可我抗拒不了烟酒和赌博带给我的刺激。

醉后回家，总有倾诉的欲望，他的妈妈忙着赚钱养家，她不责怪我，但也不理我。我想跟他说话，但他眼里的不屑刺痛了我脆弱的神经。我以为，全世界都可以不尊重我，只有他不行！

我多希望他能站在我这边，能理解我的颓废，理解我的堕落。我觉得他应该站在我这一边才对，可是他没有。于是我打他，他不求饶，也不哭，咬得嘴唇出血也不出声。看到他眼里的仇恨，我心里的爱也一点点破碎，转化成更严厉的打骂。

一个夜晚，他妈妈值夜班。吃晚饭的时候我回家，看见他脸色铁青地躺在床上，看都没看我一眼。我不想在这冰冷的家再多待片刻，便出去找赌局。

半夜我才回来，他还在床上躺着，衣服都没脱。我忽然发觉不对劲，我走过去想叫醒他，他软绵绵地蜷缩着，身体的滚烫吓坏了我。

“儿子！”我急得快哭了，抱起他想往外跑。恍然间，我才发现他已经那么高、那么重了，我抱不动他了。我的大喊大叫终于惊动了邻居，帮我把他送到了医院。

医生皱着眉头说：“你们怎么当家长的！赶紧办住院手续！”

我摸摸口袋，分文没有，刚才的赌局，血本无归。邻居李婶鄙夷地看着在医院走廊里着急地来回踱步的我，回家取了钱交到我手上。她说了一

句至今让我想起来就心寒的话：“投胎做你儿子，真是倒了八辈子霉了!”

我守在他身边，看着脸上毫无血色熟睡的他，眼泪就掉下来了。他睁开眼睛看到我，扭过头去问：“妈妈呢?”就再也不跟我多说一句话。

过了一会儿，他妈妈心急火燎地赶了过来，抱着他就开始哭。我成了局外人，心里刚刚升腾起的一丝温热和愧疚顷刻间消散了。

二

他上中学后，再也看不到他的成绩单，再后来，他索性不上学了，留了长发，打了五六个耳洞，穿破了洞的牛仔裤、有奇怪图案的衣服。我哪里看得惯他那个样子? 但我再次扬手打他时，他一把握住了我的手，冷冷地甩开，然后扬长而去。

这时，我才愕然惊觉，他已经成长为一个血气方刚的俊朗少年。

有一天，接到他老师打来的电话，说他三天都没有去学校。接到那个电话时，我正跟一帮狐朋狗友开怀畅饮，这才想起，我已经几天没回家了。

我离开酒场，直奔街上的网吧，一家家找过去。找到他时，他正叼着烟，坐在小隔间里对着电脑玩游戏。我气急败坏地冲过去揪他起来，叫他跟我回去。他像不认识我一样，咬着嘴唇，冷冷地回敬我：“你都不回去，凭什么叫我回去?”

我恼羞成怒，借着酒劲发飙：“你这个不长进的东西，目无尊长，不学无术，你看看你的样子，我真是以你为耻!”

他漠然地看着我，字字如刀：“你能好哪儿去? 你酗酒嗜赌，不务正业! 你以为我以你为荣吗?”随即，又低下头玩游戏。我终于爆发了，当众对他大打出手，并撕扯着他的衣服狂吼：“臭小子，你吃我的穿我的，养你这么大，你却这个态度对你老子!”

他傲然说道：“算了吧，我身上没有一样东西是你买的，家里吃的用的都是妈辛苦赚来的，你的钱都在你的酒里面，别说得那么好听!”

一直以为，我没有成就不要紧，还有一个儿子可以给我希望，但他那个样子，让我彻底失望了。

但我已经没有力量再打他了，他长大了，变得更强壮，更陌生，更遥远……有时，我会黯然伤神——就当我没有这样一个儿子吧，我本来就是孤身一个人。

三

他勉强混完了高中，最终在妻子和丈母娘的劝说下来我的工厂做学徒工。

我带他去应酬酒局，让他给那些朋友一个个敬酒。他瞟了我一眼："我不喝酒，不要让我跟你一样！"我无言以对。

志不同，道不合，他做了不到一个月，就甩手走人了。再见面时，听说他有了女友，他不再回家，跟女友在外同居。再看到他时，发现他剪了短发，穿了中规中矩的衣服，问他，说在一家机械公司做了技工。

若不是妻病了，我不知道他会什么时候回家，但妻病得很严重，是癌症晚期。家里人通知了他，他心急火燎地回到家，每天守在病床前悉心照料他的母亲。

丈母娘悲伤之余，不忘每天骂我几遍，"都怪你这个没用的男人啊，我女儿的病都是你气出来的。"我的那点愧疚之心，也被骂得失去了意义。

全家人都视我如仇，我就在不归途上越走越远，既然他们如此厌恶我，我又何必苦苦期待那一份温情？那一份天伦之乐？

妻医治无效，与世长辞……妻那边的所有家人亲戚朋友都当面、背后骂我不是人，骂我要遭报应。只有他，沉浸在巨大的悲痛中，却一言不发。

没有妻的家已经不复往日的整洁和温馨，夜里，我低低叹气，看见阳台上有红色的火星一闪一闪，过去一看，原来是他躺在摇椅上吸烟。借着白月光，烟头一明一灭，我瞥见他年轻的、泪流满面的脸，心中一痛，把

披在身上的外套轻轻给他盖上，想说点什么，张了张嘴，却终究哑然。

我忽然觉得愧对他，转身蹒跚着回卧室，黑暗中被茶几绊了一下，他像安了弹簧，一跃而起，疾步过来扶住我，责怪着："怎么这么不小心？"没有称呼，没有太多的温情，但我心中一暖——分明感到一种隐藏的关心。

黑暗中，两个男人的手无言地握在一起，他的掌心很有力。多年来，我们父子没有这么亲近过。我竟然有点辛酸和欢喜，希望今后能在他的陪伴下走过苍茫的余生。

但不久，他又离开了家，去市里打工了。我知道，如今，他再也没有回家的念头和必要了。

四

春节快到了，我一个人待在家里，孤寂而冷清。忍不住给他打了电话，想叫他带女友回来过年，他语气很冷，只说考虑一下。

腊月二十八，他和女友回来了，我叫上他一起去买年货。上了公车，我们面对面坐在公车的前面位置。车开了一段，后门上来一个年纪很大的老头，衣着破旧，提着麻布口袋，举步维艰。车上人多，乘务员叫大家让个座，没人理会。他站了起来，抬头叫，"大爷，前面来坐。"

那大爷没听到，手紧紧握着车上的栏杆。他站起来，挤到后车门边，将大爷扶到了座位上。我动容地看着他，像从来都不认识他一样。他依然一副淡漠的表情，仿佛什么也没发生过。

春节，他跟女友在家住了下来，然后办了结婚手续。我发现他跟她在一起从不争吵，出出进进都一起来去。他不沾酒，烟也很少抽，夜里从不晚归。他们工资不高，却存了钱帮他母亲置办了一块很好的墓地。

我突然发现，我并不了解他。一直以为他不听我的话，不听我的教育，不爱学习。而现在，他身上却显现出与我相反的品质：孝顺，正直，有爱心，负责任，脚踏实地……

而我，却变成他的反面教材，他没有一个地方像我，就连长相，也像他的母亲。我身上所有的恶习，他都没有，我身上不具备的好品质，他都有。我突然很庆幸他不听我的话，所以逐渐造就了一个跟我完全不一样的他。

他没有抛弃我，给了我机会。休息日，他会回家，吃我为他做的饭，喝我为他准备的饮料。这些事，从前我从未为他做过，哪怕一罐可乐，我也没有为他买过。虽然他还是很少跟我讲话，但他能回来，我已经很感激了。

浑浑噩噩了大半辈子，我开始醒悟，虽然有些晚。我戒了酒，跟所有的赌友都断了联系。我还把自己在厂子里的股份转让了，把钱交到了他的手上。他却没有接，面无表情地说："你自己留着吧。"

我半生的堕落，他一一看在眼里，记在心里，但他一直在那条洒满阳光的路上等我，等我找回自己，等着我幡然醒悟。原来我一直想教育的他，却最终成了我下半生最好的教材。

我知道从此将会与他默默携手同行，度过一个个安然的日子。时光不饶人，岁月刚刚好，天地为我们父子，不荒不老。

选自《博爱》2009 年第 10 期

父母总习惯性地有意识无意识地认为孩子会吸收自己好的一面，而又习惯性地无意识地忽视自己不好的一面，同时认为孩子也同样不会看到。却没有想到孩子早已学会了用自己的眼睛看待世界，审视父母。

我们是两条兀自流了多年的河

文 / 范泽木

骨肉之间，多一分浑厚，便多一分天性，是非上不必太明。

——黄宗义

他是我同母异父的弟弟，比我小十岁。父亲抛弃我和母亲后，母亲改嫁给了他父亲，而我则跟着外公外婆。他出生时，我正在草地上放牛，外婆高兴地告诉我："你当哥哥啦。"想到以后多了个亲密的玩伴，多了个同仇敌忾的人，我很高兴，当即把牛牵回牛栏。

几天后就是"五一"劳动节，我买了一辆玩具车去看弟弟。他肉嘟嘟的，闭着眼睛，不是睡觉就是钻到母亲怀里喝奶。我兴奋地抱起他，他居然哇哇大哭起来，我觉得索然无味，吃过饭就回到外婆家。

再次见到他已经是第二年寒假，母亲带他到外婆家小住。他的个头大了一些，整天咿咿呀呀地叫个不停，时而哈哈大笑，时而大声号哭。他成了十足的大吵包，见着东西就扔，一家人围着他转个不停。

我对他没有什么好脸色，他要吃我碗里的馄饨，我偏不给，他要我手中的玩具，我巧妙地藏到身后。他经常被我弄得哇哇大哭，当然，他还不会记恨，过会儿又嚷着要我抱。我不耐烦地抱了一会儿，便塞回母亲怀里。

我本期待他与我"并肩作战"，不承想他整天与我"作战"。他不是拍落我夹到手的菜，就是打掉我面前的碗，或者冷不丁抓我的脸。邻居都说他吵得要命，于是我教训他也就变得理所当然。有一回我在吃西瓜，他叫我帮他拿块西瓜，我说你自己拿。他突然将我手中的西瓜拍落，随即又拿起桌上的西瓜朝我砸过来。

他居然力大无比，且扔得精准无比。西瓜狠狠地击中我的左眼，我顿时眼冒金星。我火冒三丈，也拿起西瓜朝他扔去。我用力很猛，但没准备扔中他。可他却躲闪着低下头来，于是西瓜正中他鼻子。我承认确实用力过猛了，他顿时鼻血直流，哭号不止。

那一次，母亲给了我一个耳光。我大吼："街坊邻居哪个不说他吵的，有这么吵的小孩吗？"母亲颤抖着说："他是你弟弟，你都这样对他，别人怎么会对他好？"

我的眼泪吧嗒吧嗒地往下掉，看着滴在地上的鼻血，我想跑过去安慰他，抱抱他，但最后还是沉默着倔强地走出门口。

从那天开始，他不敢再在我面前吵闹，每次看到我都低着头。我心里堵得难受，但一直没有主动开口。

几年后，他已经是小学高年级的学生，那年他在外婆家过年。他似乎早已忘了我们互扔西瓜的事，有说有笑地跟我说着学校的事。整个寒假，他几乎遥控器不离手，津津有味地看着《喜羊羊与灰太狼》。这让我多少有些反感，一个快小学毕业的学生，怎么还对这样低幼的动画这么热衷？

更让我反感的是，他喜欢把电视的声音调到最大，震耳欲聋的声音让心脏不好的外婆心惊肉跳。我建议他调低声音，但他直勾勾地盯着电视，置若罔闻。我提醒了几次，他突然说，外婆正因为不能适应这么大的声音，所以才要加强锻炼。我的眼睛几乎要冒出火来，我一把夺过他的遥控器并拎起他的衣领要打他。

在我家的邻居说："算了，不要与他计较了，他从小就不像你这样懂事。"我放下他的衣领，颓然坐下，罢了罢了，我曾经因为有了弟弟而高兴，却不想，我们居然比陌路人更不堪。这么一想，我突然悲从中来，抬头看他，

发现他正歪着脖子，拿眼斜睨我。

工作之后，我回家的时间越来越少。我没有与他通电话，也没和他见面。我很少对人说起他，我们像两条永无交汇的河流，兀自流淌。

再次见到他，他已经读初二了，喜欢上了篮球，成天与我聊篮球。他长高了不少，自然也懂事了许多。我们肩并肩一起去逛商场，他双手插在裤袋里，步伐矫健，身上全是青春的气息。

我蓦然一惊，多年前听到他降生时，我期待的便是这样的情景。我到体育用品店，给他买了个篮球。在付钱的那一刻，我突然觉得无比幸福，就像走过初春的田野。

他读初二的第二个学期，我出版了第一本书。想到他快要读初三了，便留了一本样书，写了几句鼓励的话，打算送给他。他一直不知道我在写作，喜出望外地接过书，饶有兴致地读起来，还说要到班里大肆宣传。

那年秋天的一个中午，我突然接到他班主任的电话。电话里说："你是维仁的哥哥吗？快来学校一趟。""怎么了，我弟弟咋了？"我大声地喊着，电话里却没有声音了。我驱车赶到他的学校，发现他正在上体育课，我松了口气。

"不好意思，我的手机没电了。你弟弟的篮球由于太旧漏气了，我叫他买个新的，但他说这是你买的，执意不肯换，也不肯用同学的。明年中考要测试篮球，现在他用这个漏气的篮球每次都只能得七八分，如果因为这影响中考，那就太可惜了。"他班主任无奈地说。弟弟抱着我送他的篮球，低着头，没有看我。我搂着他的肩膀说："走，哥带你去买个新的。"

那真是一个多事之秋。几天后，我又接到他班主任的电话，"你快来学校一趟吧，你弟弟把别人打伤了。"我顾不得向单位请假便跑到他学校，他站在办公室，脸上红一块紫一块，想必是打架的后果。我气急败坏地问他："你怎么可以打架呢？"他双手摸着裤管，一声不吭。我买了些水果，和他一起去同学家道歉。

他站在同学家里，像块石头一动不动。我推了推他道："你把人家打伤了，快道歉啊。"他把我的话当成耳边风，依然一声不响。我喊道："你到底道歉不道歉？"他红着眼睛，眼眶里马上聚集了泪水。"他说你写的书是垃圾！"说完后，他失声大哭起来，他可怜巴巴地抽噎着，瘦弱的肩膀频频抖动。我愣了半晌，鼻子一酸，再也说不出话。

他读高一那年秋天，我带他与他的一些同学去安顶山野炊。在山脚驻了车后，我们挑着东西上山。吃过午饭后，他的同学们回家了，我与他在山道上闲逛。不久后，空中突然乌云滚滚，厚重的雨云几乎要擦到我的额头。他带了伞，我却没有任何雨具。

他夺过我挑着的炊具说："你快跑到车上等我，我有雨伞，我来挑。"我说："我挑，下山要不了几分钟。"他倔强地说："没必要两个人一起淋，你快到车上等我。"他此刻像极了我，带有不容拒绝的意味。我一路飞奔，终于在大雨来临前跑上车。

大雨紧接着我的脚步而来，那雨如泼如倒，使我根本看不见十米外的情形。过了十多分钟，我看到他的身影朝我移来。他皱着眉，眯着眼，挑着炊具一路小跑。雨伞像小花一样随风摇摆，他早已浑身湿透。

我突然泣不成声，眼泪如大雨蒙住车窗一般蒙着我的眼。我和弟弟，像两条河流，在历经许多曲折后终于一起奔流。

选自《黄河 黄土 黄种人》2015年第11期

有一天，生命中有一个他开始陪我一起行走，从此，我的生命便不是孤独的。有风，有雨，有彩虹，默默相守，就像我们的左右手。

明理通达的“中国好搭档”

文 / 奇清

人生得一知己足矣，斯世当以同怀视之。

——鲁迅

演小品和说相声一样，如要获得成功，搭档至关重要，除了性格上要互补、配合默契外，最重要的是两人都要明理通达。

1990 年夏天，中央电视台当时的名牌栏目《综艺大观》导演找到蔡明，让她自己找一个搭档，表演小品《借伞》。

这个本子不错，伞是雨中开出的花，她要借来一把好“伞”，让这次演出成为舞台风雨中开出的一朵最美丽的花！可一连试了几个搭档后，蔡明总也找不到共用一把伞让你心灵靠近心灵的感觉。

这时，有朋友向她推荐了总政话剧团的演员郭达。对于这个名字，蔡明并不陌生，她看过他表演的《产房门前》《换大米》等小品，那些皆是精品啊！

那时，郭达刚从西安话剧院调入北京，虽然没见过蔡明，但这个名字已深入在心。7 岁时，蔡明因为主演电影《海霞》而成为被观众追捧的童星，后来《戴手铐的旅客》《生财有道》《泪洒姑苏》等影片的推出，更使让她享誉影视界。

一个星期后，两人表演的《借伞》如期播出，效果特别好，人们说，“他们的表演会让你平添一种感受：雨丝一再编织着曼妙，曼妙又被伞精致成了一首婉约之词，纷纷抖出了一个个意蕴无穷妙趣横生的长短句”。从此，这把“伞”把他们联结在了一起。

“伞花”分外美丽，风风雨雨也是旅程中的常态。1993年，离春节还有两个多月，央视春晚节目组盛情邀请他们表演节目。

蔡明是一个急性子，接到通知后，马不停蹄地行动起来：她四处找本子，联系服装道具。经过一个多月的辛苦努力，他们从众多本子中挑选了《黄土坡》，提前一个月住到了春晚剧组。

审查是极其严格的，一次、二次……直至五次，导演依然说：“还要修改。”虽说他是慢性子，却也架不住熬鹰一般的熬，萌生了打退堂鼓的想法。

她当然比他还急，可冷静想了想以后，说：“春节晚会几秒钟的广告就值几十万块钱，而我们的节目要占几十分钟，这要花费国家多少钱？不搞好怎么行！”

也不知改了多少遍，他们“共着一把伞”又走进的《黄土坡》，终于修成正果。除夕夜，两人在春晚舞台上一亮相，便受到了人们的热捧：一个憨厚老实，一副受气包的样子；一个伶俐泼辣，敢作敢当风风火火。这种性格反差极大的人物形象，一下子就攫住了人们的心灵，两人被观众称为“最佳组合”。

最佳组合也同机器一样要经过不断磨合。1996年春节前夕，他们排练小品《机器人》，道具要他们自行解决，那可够昂贵的。按照要求做了服装，他一穿，却有些鼓鼓囊囊的。

蔡明说：“这可不行，你得去减肥。”他说：“不也能穿吗？”言下之意是“哪里用得着花这么大的气力去折腾！”结果两人拧上了，她的火气上来了，在排练现场她拿起风衣，把包一背就走了，出门时撂下一句：“不排了！”

见蔡明扬长而去，郭达也气不打一处来：“不排就不排！”突然间没事可做了，他只得坐在那儿想，两个多小时后，终于想明白了：“她也不容易，

作为一个女人，本子、服装、道具，哪一样不都是她跑前跑后弄的。再说，她要我减肥，还不是为了把小品演好，让观众更加喜欢。我作为一个男子汉，哪里能这么小气量！”

心平气顺了，郭达要到她家里去找她，把戏继续排练下去。刚出排演大厅，就见蔡明坐在门口的椅子上看本子，他高兴极了，话中带着幽默：“减肥就减肥，又不是上刀山下火海，有什么难的！”

蔡明的脸上随即也阳光灿烂起来，拉起他的手，回到排练大厅。磨合后的《机器人》让他们又获得了极大成功。

后来，两人一起演了《过年》《浪漫的事》《马大姐外传》《梦幻家园》《北京欢迎你》等众多小品，皆是观众不可忘记的经典记忆，可他们似乎不再给人这样的记忆了。

2004 年春节联欢晚会，蔡明与英壮、王晴等人表演小品《带着孩子结婚》；郭达与郭冬临、杨蕾表演小品《一双袜子》。骤然分开，蔡明和郭达都很不适应，排练了好久都找不到感觉。

他们彼此惦记着，排练间隙，总忙里偷闲地去看对方排练，由于他们相互中肯地出点子，结果两边的节目都顺利通过！

老搭档一下子分属两个战车，观众可不适应、不高兴了。对此，郭达解释说：“每接到一个新的小品本子，我们首先考虑的是是否符合对方。这一次实在是没接到适合我们的本子，我和她皆和别人组合，让大家觉得别扭，还请大家见谅！”蔡明也幽默地说：“请大家放心，我们会把‘达明一派’进行到底！”蔡明此说绝不会是一句空话，他们曾经分开过啊！

2002 年 6 月，蔡明回归电影，走进了《闲人马大姐》剧组，扮演女主角马大姐。导演要蔡明找一个扮演马大姐窝囊废类型丈夫的演员，并直接挑明：让郭达来。

蔡明一听，直摆手：“老郭不适合这个角色，你们不知道，郭达其实挺漂亮的。”导演仍不甘心，直到亲眼见到了郭达，才相信蔡明的话，郭达高高的个子，匀称的身材，有神的眼睛，还真是个帅哥儿。

搭档多年后第一次分开，蔡明很不好受，但她更担心郭达心中难过，便向他解释说："我觉得你是不能随便接戏的，要演就演适合自己的角色。"一时分开是为了更好地在一起，郭达又怎会不理解蔡明的良苦用心呢!

蔡明与郭达被人们誉为"中国好搭档"，只因为蔡明明理，郭达通达。人生中要拥有好搭档，就得有一颗灵慧聪颖的心，有一个时刻为对方着想和大度包容的襟怀。

选自《晚报文萃》2014 年第 12 期

我们要多幸运，才能遇到这样一个人，懂你的脾气，有心照不宣的默契。这样的人，既是搭档，也是知己。

我很好，那么你呢？

文 / 阿杜

当你真爱一个人的时候，你是会忘记自己的苦乐得失，而只是关心对方的苦乐得失的。

——罗兰

一

收到林威的信时，我已经上高一了。

初中毕业后，林威随工作调动的父母去了大连。他走的时候，我正在外地旅行，那是父母对我中考成绩的奖励。其实就算没有去旅行，就算知道林威要走，我也不可能去送他，怕误会。我知道林威对我好，甚至可以说是喜欢我，但我不想过早陷入感情的旋涡，让自己将来后悔。

我是大家眼中的乖乖女，但我不是没有情感的“木头人”，林威那么明显的举动，任谁都能够看出端倪，我又怎么会看不出来？但一直以来，我佯装不知，在他面前装傻充愣。我对他也有好感，但我得克制自己的感情，我不想因一时的冲动害了两个人的前途。

表姐的前车之鉴对我有深远影响，她为了一个男生荒废学习，被抛弃后就割脉自杀，虽然被救回来了，但荒废的时光却无法倒流。高考落榜后，她匆匆步入社会。这不是表姐想要的生活，但她已经没得选择，曾经绚丽的梦想就永远只能是梦想了。她说她连活着的力气都没有了，还谈什么梦想？

望着表姐忧郁的眼神，我就慎重地告诫自己：就算我也喜欢林威，也要谨记保持和他之间的距离。林威很好，我也很好，我怎么忍心我们的将来一片黯淡呢？

二

林威是学习委员，不仅成绩好，再加上俊朗的长相，在班上颇受大家欢迎。我也想不明白，他为什么就单单对我另眼相看呢？难道就因为我是班长吗？毕竟长得比我好看、成绩也不差的女生比比皆是。

林威无论是公事还是私事，他都是站在我一国的。开班会时，我的提议，他总是第一个附和，而且会找出充分的理由加以佐证。偶尔，有同学提反对意见时，我还没搭腔，林威就已经滔滔不绝地和对方辩论起来。

口齿伶俐的林威，旁征博引，深入浅出，往往几句话就驳得对方哑口无言。只是赢归赢，在最后的胜利时刻，林威并不得意，而是会巧妙地补上一句话，给正陷入尴尬的对方一个合理的台阶下，皆大欢喜。

看着一脸真诚而又充满智慧的林威，我有时都很困惑，我真的能坚守住不对他动心吗？我所表现出来的对他的不屑，真的没有破绽吗？无论我怎么对他，他在我面前都表现出十足的诚意，害我被同学嘲笑是“木鱼脑袋”。

我当然不是“木鱼脑袋”了，好几次我都快撑不住，想痛痛快快就接受林威的告白，然后轰轰烈烈地喜欢一场。至于未来，那么遥远，谁知道又会发生什么事呢？但一想到表姐荒芜的眼神，我就只能硬起心肠。

我希望我们都能够快乐地成长。虽然林威长得高大，已经有一副大人的架势，但我们稚嫩的双肩真的能够承担起感情的包袱吗？

三

面对林威的示好，我一如既往地装傻，在他表现出准备告白时，匆匆转移话题，不让他轻易把“喜欢”说出口。我怕自己不知如何回应，拒绝他，不是我真心想的；但接受，我又害怕最终伤害了彼此。

矛盾又惶恐的心情起起伏伏，我想看见他，却害怕面对。他总跟着我时，一颗心是雀跃的，但我却故意拉长脸，不用正眼看他。

他和别的女生有说有笑时，我的心又沉沉的满是失望。我努力装作云淡风轻，努力表现出讨厌他的样子。没有人知道，在我装作一脸不屑面对他时，我的心里有多难受。

真希望他能够明白我的心思，看着他已经有些下滑的成绩，我开始担忧。我在考虑自己的行为是不是正确？是否像其他同学所说，我在用“欲擒故纵”的方式刺激他？或许，接受他，我们还可以一起进步？

我不知道，我要如何做才是最好的方式，“冷处理、逃避”是我仅能想到的办法，我以为这样才不会伤害他。但他是林威，一个张扬又骄傲的家伙，我的不回应反而更激起了他的好胜心，他采取的方式越来越多，也更明目张胆了。

我的优柔寡断最终使事情变得复杂起来。林威不仅给我写纸条，面对我的不回应时，他还变本加厉，居然在上课时给我写长信。信被老师缴获时，林威这个学习委员第一次和老师发生了冲突。

我不知道那些天，林威都想了些什么，会不会恨我？班上的同学都知道林威对我的好，各种版本的故事在学校盛传，很多喜欢林威的女生早把我看成了“眼中钉”。

四

一天傍晚，在放学路上，一个喜欢林威的外班女生带着一群人气势汹汹地拦住了我。

我想绕开，但那女生一把拽住我的书包，狠狠地推了我一把。躲闪不及，一个“趔趄”，我重重地摔在了地上。

围观的人很多，那女生高声喧哗：“大家来看看，这只狐狸精的虚伪面目……”其他几个女生跟着起哄，我低着头，倔强地爬起来。虽然手擦破了皮，正隐隐作痛，但我不管不顾了，一脸愤然地盯着她。

“你以后离林威远一点，要不然，有你好看的。”女生撇撇嘴，警告我。

女生的话证实了我的猜测，于是，我冷笑道：“林威是你什么人？你这么厉害为什么不让他离我远远的？你有这个魅力吗？”

林威拒绝过很多女生，或许她就是其中一个，她居然把怒气发泄到我身上了。于是在那女生骂我时，我不屑地说：“林威算什么？只有你会喜欢，他的死缠烂打让我不胜其烦，拜托你，以后看好他。”在我转身想离开时，我没想到林威居然站在了我面前。

心里一阵慌乱，我含糊其词却解释不及了。林威怒视着我，说：“对不起！原来是我一直自作多情。”多想告诉他，我不是这样想的，但由不得我解释了，思忖片刻，我接着他的话说：“好自为之。”

走远后，我还是不敢回头，我害怕看见林威一脸愤怒的样子。一直以来，他都是被人追着、捧着的，没想到我会给他一个那么大的打击。

五

一直到中考结束，林威再也没有打扰过我。

有时看见他落寞的背影我会后悔，觉得不该那么伤害他，但看见他渐渐回升的成绩时，我又觉得自己没有做错。就算被他误会，但只要他能够把心思放回学习上，我就无所谓，毕竟这是我唯一能够为他做的事。

我没想到，林威去了大连后还会给我写信，信的内容很真挚，他再一次在信中询问我当初为什么拒绝他。

林威真的不明白吗？他才是真正的“木鱼脑袋”。

望着窗外幽蓝的夜空，我想着自己美丽的心事，偷偷乐了。我准备给他回复一封长长的信，我要告诉他，我不是没有感知的“木头人”，只是在不对的时间里，我不想让对的人错过了。如果他的喜欢够真诚，那么请给彼此三年的时间，相约在我向往的美丽大学校园。

六

林威，我很好，那么你呢？我希望你好，就像初相识一样。

三年的约定，你能坚守并兑现吗？

我期待。

选自《才智》2014年第1期

初恋是美好的，就像是羞于开放的花，我们会希望对方好，所以固执地停留在原地，不愿往前一步。这正是初恋最可贵的地方。你呢，还记得那些年遇见的他（她）吗？

不忘却纪念，不停止向前

文 / 程琳

得不到友谊的人将是终身可怜的孤独者，没有友情的社会只是一片繁华的沙漠。

——培根

前些天生日，朋友送了我一本关于旅游的图片散文集，作者用自己的相机记录了沿途的种种。路人一个灿烂的笑容，一个不经意的动作，还有街边的静态建筑，甚至是破败的围墙。

从白天到夜晚，从春天到冬日，时光在书页上被我匆匆翻过。我想人生其实也正如这一场漫长的旅行，我们会遇到很多的人和事物，我们会留下笑颜，也会洒下泪水。或许在某一天的某一个角落，我们也会被其他人生行者以不同的方式纪念下来。

我突然想起了自己高中那年的毕业季。过去的几年里，是我充当别人毕业季中的观众，而那一年我成为了毕业季的主角。但当高考的列车如约而至的时候，当我乘坐着它到达不那么遥远的终点的时候，当最后一门科目的铃声响起的时候，我才懂得怀念它。

我甚至开始想念，在高中三年的岁月里，那些每天清晨催命一般催促我交作业的组长和课代表们，那些每回考试都叫嚷着要和我一较雌雄的学霸们，那些每堂课上不停絮絮叨叨教导着我的老师们，那些每节自习课都在班上做“定海神针”管理纪律的班主任们……

记得当时毕业聚会那会儿，班上的同学一致决定要去吃顿好的，犒赏这三年来艰苦付出的自己和恩师们。聚餐到了后半段的时候，毕业聚会的感觉才渐渐浓了起来，开始有同学向老师敬酒和祝福。

我是个不善于用言辞表达感情的人，我只能举着杯子与每个老师干杯，用笑容送上无声的祝福。其实那个时候的画面，现在回想起来，倒有些热泪盈眶的感觉。只是在当时，或许谁都不愿意轻易去触碰那份离别的伤感，泪点的开关一旦打开，恐怕就很难关上了。

后来还有一个同学，让大家每人都将自己的名字签在他的校服上，坐等未来升值。我也在已经密密麻麻被字迹覆盖的衣袖上爽快地签下了名字。

大家都知道我是个写文的，都盼着哪天我成了“大神”，他们也跟着沾光，所以又强烈建议我再签上笔名。那时候我就在想，早晚有一天，我应该腾出一些笔墨，来记录下我这些可爱的同学。

但天下没有不散的筵席，毕业聚会以后，大家各自查到了成绩，又各自填报了心仪的大学。如今开学将至，我们不得不各奔东西，各自生活，各自打拼，前路不再有熟悉的伙伴，等着我们的是未知的旅途。

虽然有时也会因为陌生而感到恐惧，但我知道生活不能回头，更不可能停止。生命是一条单行道，除非放弃，否则只能一路向前。

尽管向前，却不意味着我会忘掉身后已经被我走过的时光，前几天我参与了班里的毕业视频的制作。视频发布出来以后，反响很大，不仅是班里的同学，甚至是其他素不相识，但同属于这一届的毕业生看过之后也都很感动。

当视频里播的歌里唱到“我们说好不分离，要一直一直在一起”时，那种饱含深情的调子，再配上大大小小数不清的合照，让人潸然泪下。校园里的银杏叶被摆放成心形，就像我们的心纵使相隔千里也仍然相守相望。

这一生的路还很漫长，我曾经历过许多离别，也曾沉浸于缅怀之中无法自拔。但现在，我知道自己还会继续路过很多人和很多事，可我不会再因为他们的离去而过分伤感，也不会任性地想要停留在黑白的纪念中从此驻足。散文集的文案上写着这样一句话：爱上这旅途，接受这离散；不忘却纪念，不停止向前。

现在我将这句话送给自己，也送给你们。我爱这人生的旅途，因为你会碰到许多和你一样可爱的行者。他们会陪伴你同行过一段旅程，但在需要挥手作别的时候，就请带着最明媚的笑容合影留念，收入相册。然后祝福彼此，收拾包袱，怀揣着永不忘却的纪念，再次勇敢地向前。相信明天会是更美好的一天！

选自《中学生百科》2014年第13期

我们今生有缘才能在路上相遇，只要我们彼此永不相忘。朋友啊，让我们一起牢牢铭记这段友谊吧，别在乎那一些忧和伤。

Part 第四辑 04

坐在最后一排的日子

那个年纪的我们，心里密密麻麻地缀满了米粒般的秘密。我们不愿拿出向父母倾诉，因为他们往往不能正确地理解秘密本身所被我们赋予的真正含义。我们也不愿在教室里和老师同学们分享，因为有些秘密在别人眼里可能就成为了被嗤之以鼻的谈资。但总会存在那样的一个人，我们毫不吝啬地向他倾诉，他也不厌其烦地仔细聆听。这样的朋友，我们往往称他为知己，而林子正是我那个时候的知己。

我们都曾年少

文 / 冠豸

在某种情况下，一个人的存在本身就是要伤害另一个人。

——村上春树

那一年我上初三，成绩优秀加上容貌出众，使我在学校备受关注。

乔智转学过来时，我根本没把他放在眼里。瘦小的他，头却特别大，陌生的缘故吧，他很拘谨，从进教室后一直低着头。他的头发微卷，远远看过去，乱糟糟的，再加上那身陈旧的短小衣服，我觉得他像个小丑。

“噢！来了个乡巴佬！”坐在后排的一个男生夸张地尖叫了一句，引来满堂哄笑。我注意到乔智是红着脸走到位置上的，连耳根都红了。我不屑地笑了笑，没再注意他。

第一次英语单元小测，我得到了满分，只是我没想到，两张满分的卷子中，另一张居然是他的。当老师念出乔智的名字时，我愣了一下，嘴角不经意地撇了撇。是他？凑巧的吧？一直以来，我的各科成绩在年段都是独占鳌头，这使我很喜欢那种高高在上的感觉。

乔智在班上很少说话，每次课间他都一个人坐在位置上发呆。我在班上有绝对的威信，想孤立一个人是轻而易举的。有几次，我感觉到他想来和我说话，但一看见他走近，我就故意邀上同学走开。我不想和他说话，更是拒绝他的友谊，或许几次后，他就能明白，是我把他孤立起来的。

班上的男生有时还会捉弄他，学他讲那乡音浓重的普通话，让他当众出丑，而我们却在边上放肆地笑得前俯后仰。沉默的他愈加沉默，有几次我都注意到他凝望窗外时湿润的眼眶。

乔智来之前，我的作文一直是被老师当作范文念的。在开学初，老师就说在期中考试后会推荐一个同学到市里参加作文比赛，我很自信地以为一定是我。

在乔智来后的第一次作文课，我照例等着老师朗读我的作文等着同学崇拜的目光，心里欣欣然。但这次老师没有选我的作文，而是朗读了乔智写的《父亲》。

第一次，我体会到了“失落”的感觉，如虫噬一般。那堂课我什么都没听进去，心乱如麻。老师还把乔智的作文推荐给市报社，并在几天后的副刊发表出来。

当同学把印有乔智文章的报纸递给我时，恼怒之下，我一把将报纸撕得粉碎，狠狠摔在地上。嫉妒的怒火在我心里熊熊燃烧，我恨不得把乔智也撕成碎片。

乔智的成绩越来越好，面对老师对他的表扬，我不屑地哼哼。我希望在期中考试时可以和他一较高低，我很努力地复习，比以往任何一次都更认真，我以为自己一定可以独占鳌头。

但我在红榜上看见名次排位时，我几乎是“怒火冲天”。红纸黑字，清清楚楚地写着：第一名：周乔智，595 分；第二名：吴君，594 分；第三名：陈炎，578 分……好家伙，居然多我一分！我低语却是咬牙切齿。

“哇！这次第一名是周乔智，吴君的霸主地位被人取代了……”“哪个周乔智？是不是上次作文上了报纸的那个？”……周围的同学窃窃私语。一阵阵的谈笑声利刃般撕割着我的心。

这一次，我尝到了“失败”的滋味——苦涩。那天夜里，我第一次失眠，翻来覆去，脑海里一直是乔智大大的脑袋和讥讽的笑，我恨透他了，

恨他抢走了属于我的荣耀。

期中考后，老师就在班上公布了去市里参加作文比赛的人选：周乔智。那天，我坐在位置上听着老师宣读名字，气得手直哆嗦。我不知道自己是怎么离开教室的，我和一群同学一起去了学校附近的一个小公园。

坐在绿荫下，我一直板着脸没有说话，他们闲坐一会儿后就开始骂骂咧咧。“都是该死的周乔智，这家伙越来越嚣张了……”“找个机会，好好教训他一顿。”他们扬言要教训他，我默许，心里也恨不得这样才解气，接二连三地抢我风头，我咽不下这口气。

准备离开小公园回家时，我突然看见乔智在公园另一边的树荫下看书。看见他，我就来气，连目光也变得冰冷。“你们不是说想要教训那家伙吗，去呀！就看你们敢不敢了，他就在眼前。”我瞥了一眼乔智所在的位置，不屑地看着身边的几个男生。我知道我脸上的不屑表情可以激发他们的斗志，他们一定会过去教训他。

一直暗恋我的余斌大受鼓励，他果然第一个跳出来说“有什么不敢的，我一定将那小子打得哭爹喊娘。”说着他就走了过去，其他几个男生也跟着过去。我远远地站着，心里有些忐忑，又有些兴奋和解气。听不清他们说了什么，我就看见余斌飞起一脚踢在乔智的后背把他踹翻在地，其他几个男生也一拥而上，围着他拳打脚踢。

我漠然地观望着，一颗心不受控制地狂跳，我看着乔智抱着头左躲右闪。血！我看见乔智鼻子出血了，只一会儿工夫，他的白 T 恤就沾满一大片鲜红的血迹。突然，我听见乔智凄厉地大叫了一声，然后蹲在地上用双手抱着脚，一脸扭曲。

听见他撕心裂肺的喊叫，看见他浑身血迹，我害怕了，跑着过去，抓住余斌的手说：“你们别再打他了，会打死的。”他们立刻停止了打他，“这次看在吴君的面子上就算了，下次揍扁你！”余斌狠狠地说，还不解气地把乔智的书本撒了一地。

乔智一直蹲在地上，低着头，双手捂着脚，痛苦地呻吟。他根本没明白过来怎么回事就挨了一顿揍，连 T 恤都撕烂了。我们走后，远远的，我还回过头，我看见他艰难地爬起来，拐着脚蹒跚地在捡那些撒落在草地上的书本。

那一刻，我心里有些难过，满满的都是罪恶感。我不知道自己怎么了？居然如此凶残？居然鼓动余斌他们去打他，看着他流血，听着他惨叫，望着他瘦弱的身体在风中颤抖。我心里梗塞，一阵黯然。

找了个借口，我离开余斌他们又悄悄返回小公园。公园里空荡荡的，我站在乔智刚才挨打的地方，心里惘然若失。我是讨厌他，我是恨不得他被打，但看见他身上的斑斑血迹，我又难过。

独自坐了很久，脑子里空空的。离开公园时，我在冬青树丛里捡到了一本日记，打开一看，才知道是乔智的。我想应该是余斌刚才撒他书包时留下的，他没有找到。犹豫了很久，在好奇心占上风的情况下，我打开了乔智的日记。

一行行整齐的钢笔字吸引着我的目光，我一页页地翻看着。日记是从乔智转学过来前写的。原来他是外县的，家在很偏僻的一个小山村，我还知道他母亲已经病逝，他独自跟着打工的父亲来这里读书。他能进县一中是因为房东叔叔的帮忙……日记里翔实地记录了他生活中的点滴。当我看到他进学校后的那部分日记时，心里紧了紧，手心里满是细密的汗珠。

“为什么他们都不喜欢我？我做错了什么？因为我是一个乡下人？还是因为我的贫穷？我很喜欢他们，特别是吴君，我真羡慕她，人缘好、学习好，长得漂亮……只是不知为什么，我觉得她非常讨厌我……”

泪水什么时候涌出眼眶，我不知道，当泪水滴落在日记本上时，我才惊觉自己早已泪流满面。合上日记，我木然地坐着，眼神荒芜。路灯已亮，昏黄的路灯下只有我孤单悠长的影子。

第二天，乔智没来学校；第三天，乔智还是没来学校。我的不安愈加

强烈，余斌几个也很紧张，忐忑、恐惧汹涌而至。

我们几个像惊惶的老鼠一样观望着，却没有勇气向老师承认错误，也没有勇气去打探乔智的消息，只是每个人都在心里暗暗祈祷。那些天，我不再嫉妒乔智，也没有了恨，自从偷偷看了他的日记，我罪恶的心一刻也没有停止过忏悔。

乔智在一个星期后回到学校，那天我正好顶替他去了市里参加作文比赛。那次作文比赛，题材不限，我一气呵成写下了自己和乔智的故事，写下了自己残忍和不安的灵魂。因为情真，写着写着泪水就止不住地涌出眼眶。我在忏悔，我不知道要如何才可以赎罪？

乔智没有把事情的原委告诉老师，只说自己不小心摔到水沟里了。我不知道那次乔智伤得如何，只是那次以后，他一直拖着一条腿走路。

从市里比赛回来，我一直没有勇气面对他，上课、下课我总是默默注视着他单薄的背影愣神。当余斌几个男生和乔智建立起真正的友谊时，我这个罪魁祸首却一直缩在原地，没有勇气乞求他的原谅。

每次看见乔智拖着一条腿走路，我便心如虫噬。乔智有时会主动和我打招呼，我朝他点点头、微笑着，想开口说话，却一个字也说不出来，他的善良让我无地自容。

一直到乔智离开，我都没有和他说过话，罪恶的梦魇时时折磨着我，让我夜不成寐。

那次市作文比赛，我意外地得了一等奖，这是我没有想到的结果。面对荣誉，面对大家的祝贺，我没有快乐。我一次次翻阅乔智的日记，泪流不止。我可以接受他的友谊么？我知道，他会原谅我的，他那么善良，但我如何能够原谅自己？我配得到他纯洁的友谊么？

我一天比一天沉默、愧疚。那天，那群人中，我是唯一没有向乔智道歉的，而事端全由我一手挑起。

后来，没有人再提打架的事，所有的过往就像一场梦境。班上除了我，别的同学都相处融洽。那时面对紧张的中考，大家渐渐进入“争分夺秒”的状态，没有人理会我抑郁的心情。我在乔智的日记本上写下了一页又一页的忏悔，渐成习惯。

中考前一个月，乔智转学回原学籍参加考试，他在我们学校只是寄读。他离开的那天，我一个人躲在学校后面的小树林里哭泣。我不知道如何形容自己当时的心情，仿佛天崩地裂。再也没有机会乞求他的原谅了，我将一生愧疚。

年少时，我们都曾犯过这样或那样的错误。有些错，可以求得原谅；而有些错，却得用一生的时间去忏悔。特别是当我想起乔智走路时拖着的那条残腿时，我就无法原谅自己。

选自《少年文艺·少年读者文摘》2014 年第 3 期

有些事情是无力更改的，就像青春那般迅疾，来不及自己选择和迟疑。后来我们就消失于人海之中，而那些曾经给予别人的伤痛，也只好默默忏悔了。

杜纤纤的幸福时光

文 / 冠豸

友谊永远是美德的辅佐，而不是罪恶的助手。

——西塞罗

一

没有压力的生活就会“心宽体胖”，这点杜纤纤“身”有体会。自从老班公布了保送上一中的名单后，她终于如释重负。

在别的同学继续为中考忙得焦头烂额时，杜纤纤正悠闲地倚靠在家里宽大的真皮沙发上，捧着一瓶冰冻过的大可乐，边吃爆米花边看碟。那些她原本想看却怕耽误做功课而不敢看的碟片被她一次性从音像店抱回家，她彻底地过上一把瘾。

父母允许她偶尔的放纵，毕竟她保送上一中为父母挣足了脸面，整个年级五百多人，杜纤纤就占据了第二个保送名额，这是何等荣耀的事？爱女心切的杜爸爸投其所好地买回了大堆的零食冷藏在冰箱里任其自由选用；杜妈妈更是为了犒劳劳苦功高的女儿每天变换着花样做女儿爱吃的各种菜。

紧张的中考与她无关，夏天炎热的天气也与她无关，杜纤纤每天呆在开足了冷气的家里看碟片、听歌、上网、吃零食，日子过得像神仙一般。

这样无忧无虑的日子过了三个月，可是新学期来临前的一天，杜纤纤对着家里宽大的试衣镜犯愁了。奇怪？那些衣服、裤子怎么齐刷刷地集体缩水了？望着镜子里圆滚滚的自己，杜纤纤惊讶地大叫：“妈，我的衣服缩水啦，不能穿啦！”

杜妈妈闻讯赶来，她看着珠圆玉润的宝贝女儿乐不可支：“纤纤，你好像是长胖了。”“是呀，怎么办？都怪你们整天让我好吃好喝，养猪似的。”杜纤纤耍起了小孩子脾性。“没事没事，开学后马上要军训，几天下来你肯定就瘦了。”杜妈妈拍拍女儿肉嘟嘟的手臂安慰道。

躺在床上，想着即将开始的高中生活，杜纤纤异常神往，但一想到军训她又犯愁了，一整夜翻来覆去。

二

一中实行的是集体寄宿制，全封闭管理。把东西搬进宿舍后，杜纤纤就不想动了，她已经累得大汗淋漓。

几个女生在整理铺盖，她们一边动手一边聊天，互相打听对方的名字和原来的学校。

“你是杜纤纤么？听说你是五中保送上一中的？”一个戴眼镜的女生亲热地问她，杜纤纤没想到这事她们居然也知道，不好意思地笑了起来。几个女生很友善，她们见杜纤纤体积庞大，都手脚麻利地过来帮她整理东西。

几个女孩很快就熟悉起来，在她们谈得兴高采烈时，有个老同学过来找杜纤纤了。

乍一见面，那女生大声惊叫起来：“纤纤，你这三个月是怎么回事？小日子过得也太滋润了吧？”杜纤纤伸了伸腰，嘟着嘴说：“是呀，可怎么办？”那女生站在杜纤纤旁边，她趁机捏了捏纤纤肉肉的手臂，一脸坏笑。“别笑！我都愁死了，只不过没参加中考放松了一阵子，这身上的肉肉居然就不知不觉地猛长。”杜纤纤叹气说。

老同学见面总是开心，聊了一会后，话题就放在了以前的同班同学身上。杜纤纤急切地想知道，有多少同学考上一中了。“除了你外，只有六个，

好些同学都考砸了。”女生说。

杜纤纤听着，心里很不是滋味，她突然觉得自己太过分了，自保送确定下来后，她都没回过母校，也没去找过一个同学。其实在以前，杜纤纤和班上的同学关系还是不错的，她虽然胖点，但学习好，人缘好，大家都喜欢和她交往。

“这么久了你都不和我们联系，纤纤你不想念我们么？”那女生突然埋怨道，然后她讲起了毕业前夕大家分别时的事。“你知道么？大家都很想念你。”杜纤纤平静的心湖仿佛被投下了一粒小石子，泛起了圈圈涟漪，她开始懊悔自己不该天天窝在家里看碟片，早知道就多出来找找同学，也不至于胖成现在这样。

傍晚时，又有几个老同学过来找杜纤纤，她乐坏了，根本没想到自己在老同学的心目中居然如此重要。她们互相调侃着，笑声阵阵，一种温暖的，亲密无间的感觉暖流一般在杜纤纤心里涌动。她明白了那个叫作“友情”的东西。

第一次住校，杜纤纤失眠了，她望着窗外黯淡的夜，思绪万千。突然不知从何处随风传来一阵音乐声，是朴树的《那些花儿》。

歌声有些飘渺，但那熟悉的歌词却在杜纤纤心里一遍遍闪过：“那片笑声让我想起我的那些花儿，在我生命每个角落静静为我开着，我曾以为我会永远守在她身旁，今天我们已经离去在人海茫茫……”

朴树的歌声嘶哑还有点凄凉，听得杜纤纤禁不住热泪盈眶。

三

军训确实是件苦差事，特别是对于杜纤纤这种连体育课都害怕上的胖女生。列队、踢正步、左转右转，转得她分不清东南西北。

头顶上的太阳拼足了劲，热力四射，杜纤纤每每列队一会儿就汗如雨下，整个人像刚从水里捞出来似的。教官看她确实累得不行了，也就不再计较她的动作是否协调、标准。可杜纤纤倔，她严格要求自己，累得直喘粗气也不肯放松。

如果在以前，不用老师说，她自己就会找各种借口偷偷懒。那时也胖，但杜纤纤从不着急，她还美其名曰“心宽的人体才会胖”。但现在不一样了，杜纤纤有自己的小秘密。

是在报到那天，她在一群新生中看见了一个让她一见倾心的男生。那男生说不上帅气，但阳光，充满活力，特别是他脸上洋溢的笑容，让杜纤纤沉溺其中不能自拔。

“窈窕淑女，君子好逑。”一个假期的言情电视剧恶补，杜纤纤已经明白，男生都喜欢瘦点的女生。所以当杜纤纤发现自己比原来还胖时，她终于接受不了了，减肥成了她进高中后确定下来的第一个目标。

杜纤纤是个意志力坚强的女生，她要把减肥当成功课一样来对待。就算军训时，教官额外开恩，看在她胖的份上照顾她减少运动量，她也不领情。杜纤纤知道，唯有咬着牙根坚持下去，自己才能瘦下来。

一个星期坚持下来，杜纤纤累得快散架了，但她心里却异常兴奋。军训结束的第一件事，她就偷跑去称体重，居然轻了三斤，她乐疯了。更让她开心的是，她在军训时看到那个一脸灿烂笑容的男生居然对她笑了，而且他的眼中满是欣赏和赞许。

四

杜纤纤真的把对待学习的认真劲儿用在减肥上了，从一日三餐的摄取量，到每天傍晚坚持一个小时的运动，杜纤纤严格执行，她还杜绝了所有零食的诱惑。减肥这件苦差事，她因为心中的动力，再苦也愿意承受。

她最愿意到操场跑步了，因为她偷偷喜欢的那个男生每天傍晚也会在操场上跑步。偶尔碰面时，那个男孩都会朝她点头微笑，让她觉得自己所承受的所有苦都值得。

夕阳下的校园一片金黄，一片温润，那男孩的笑容也仿佛镀上了金色，让他整张脸看起来都熠熠生辉。杜纤纤的心不由得就怒放成花。

杜纤纤的成绩一如既往的好，她的乐观和自信赢得了新同学的喜欢，当然，她也学会了珍惜老同学之间的友谊。她很喜欢自己现在的状态，与人和睦相处总是件快乐的事，何况她要在她喜欢的男生面前把自己所有的优点都展现出来，不必说出口，自己在心里喜欢着就可以了。

“女为悦己者容”，书上是这么说的，杜纤纤奉成信条，她要努力，不仅在学习上，还有减肥上。

选自《学苑创造 · C 版》2012 年第 4 期

有些成长是残酷的，有血有泪；有些成长是无声的，像是微风掠过。这其中的苦与乐只有自己知道。

诚信老爹

文 / 贾子安

人而无信，不知其可也。

——孔子

他住在浙江省苍南县霞关镇，祖祖辈辈从事渔业捕捞。他本来有个幸福美满的家庭，四个儿子各承父业，以打渔为生，个个家境殷实。他跟老伴则在自己的小菜园里种几垄菜，养几只鸭，含饴弄孙，颐养天年。晨起时，沐浴万道霞光；黄昏时，欣赏落日静美。日子过得优哉游哉。

可是一场灾难把这一切都改变了。

2006 年夏，百年一遇的超强台风“桑美”席卷了整个海面，掀起了万丈狂澜。他的儿子们驾着渔船早泊到港湾避风，可尽管如此，肆虐的台风还是打沉了他们用所有积蓄及贷款买来的渔船，老大、老三、老四也不幸丧生。噩耗传来，如同天塌地陷，他悲痛欲绝，儿媳们深感生活无望，绝望之中撇下孩子一个个改嫁了。

天大的灾祸带给他的不仅是老来丧子的悲伤、孤独、苦难，还有一笔笔沉重的债务。台风过后，陆续有人上门，向他出示儿子们留下的一张张欠条。这 80 万元的债务，如一座大山压在他的身上，老人几乎被击倒了。

但他还是强忍悲痛，挺直了脊梁，坚强地站起来，声音喑哑地说：“人死债不烂！是儿子的债我都认，你们请放心，我一定会想办法还钱！”说这番话时，他声音虽低沉沙哑，但铿锵有力，掷地有声。

不久，他拿到儿子们人身、船只保险赔款24万元，一想到这是儿子们用年轻的生命换来的，他的心就仿佛被撕裂了似的疼痛。他压抑着汹涌袭来的悲痛，擦干眼泪，连家都没回就直奔信用社。

当他颤抖着双手，哆哆嗦嗦地将用衣服包着的这笔数十万元现金，还到信用社工作人员的手中时，人们惊呆了，简直不敢相信眼前这一幕。他们被老人的举动深深地震撼了，目送着老人踉踉跄跄地走出信用社的大门，久久无言。

后来，打捞上来的渔船变卖了30万元，他又一分未留，又全部拿去还债。他的做法，令债主们惊讶不已。有的接过钱，感动得落泪了；有的摇摇头拒绝了，可不管他们说什么，老人还是执拗地丢下钱走了。

望着他独自远去苍老瘦削的背影，每个人的心似乎都被什么力量猛烈地撞击着，感动的波浪在胸中起伏，一波胜过一波。

其实，儿子们一出事，许多乡邻们就劝过他，说从来都是父债子还，还没有听说子债父还的，再说你现在已经是风烛残年，不还钱别人能把你怎么样呢？他听后用力地摇摇头，坚决地说："做人要有良心，人家最初都是好心帮我的儿子，我又怎么能让好心人遭受损失呢？再说，借钱还债，天经地义，我一定要还！"

一诺千金！为了还债，他和老伴过起了常人难以想象的清苦生活。

从此，不管刮风下雨、寒冬酷暑，他常常从所住的海拔1500米高的柳陇山上，步履蹒跚地走下来，来到山脚海边的沙滩上拾荒。一只可乐瓶，一只易拉罐，都成了他眼中的宝贝。

可拾一只饮料瓶仅卖几分钱，半腰高的大铁丝筐拾满满一筐，才卖4块钱。但他从来不曾有过半句怨言，默默地坚持着，日复一日，年复一年。

为了多赚钱，他与老伴还不顾人老眼花，一有空就坐在家门口织渔网。织渔网可不是一件容易的活儿，即使是身强力壮的年轻人织久了，也会感到胳膊又酸又困，何况是两个八旬高龄的老人呢？

他们每一天都织到腰酸背痛、手软臂麻，耗时两三个月才能织成一片网，拿到集市上才只卖到 300 多元。但两位老人从来不抱怨，总是不停歇地织啊，织啊，不敢有片刻懈怠。

为了攒钱还债，这位八旬老人还不顾年迈体弱，强忍背上骨刺的疼痛，拖着病体坚持在家门口的山坡上种番薯、马铃薯、青菜，还养着一大群鸭。

每天黄昏的时候，他都会坐在村口马路边，吆喝着卖自家种养的马铃薯和土鸡蛋。看着这位瘦小孱弱、脸上布满深深皱纹的 83 岁老人，每个人的心里都会涌动起温暖的波浪。

老人这样辛劳，在生活上更是省吃俭用。为了还债，这 6 年里，他每天只吃两顿稀饭，菜也只吃自家卖不出去的青菜，穿的全是些破旧的衣服，6 年里只买过一条短裤。他吸了一辈子烟，却只舍得一次花 4 元钱买两片水烟。背上长了严重的骨刺，熬着不吃药，有时痛得实在支撑不住了，才只花几块钱打一针。

就这样，他节衣缩食，一块块、一分分地攒钱，把艰辛攒、省下来的钱小心存好，用来还债。当年他的儿子们为买新船向经营渔具的黄敬瑞赊账 7 万元，6 年多过去了，黄敬瑞从未向他提起，反而是这个老人主动找到他，分两次把钱还上。黄敬瑞逢人就激动地说："这个老人厚道，守信，我敬佩他。"

漫长的 6 年一天天熬过，这位孱弱多病的弯驼老人背着生存与欠债、悲伤与艰辛的双重重负，步履蹒跚却又坚定地走在漫漫的"子债父还"的路上，无怨无悔。

直到 2013 年，这个体衰多病的古稀老人实在力不从心，他伤感地对台风中唯一幸存的二儿子秀全说："现在我已无能为力了，家里的债只好要你来还了。"秀全夫妇噙着眼泪，向父亲拍着胸脯承诺，义无反顾地接起这副重担。

人们被他的故事深深感动了，广大网民纷纷敬称他是"中国人的楷

模！”“为我们竖起了一根诚信的标杆”“这位老人身上流着道德的血液！”他就是“诚信老爹”——吴乃宜。

俄国作家托尔斯泰曾说：诚信是心灵绽放的灿烂之花。大灾大难、家破人亡，却人死债不烂，吴乃宜以老弱之躯和长达6年的日日艰辛，告诉我们：诚信，是以一种最朴素的方式彰显最纯粹的人性，它就像是高洁美丽的花朵，绽放在金子般的心灵沃野，散发出浓郁芳香，让在俗世红尘中奔波的每一个人都感到人性的高贵和美好。

选自《少年文艺·少年读者文摘》2014年第12期

诚信是个人光辉的体现，因了这光辉，我们使身边的人感受到温暖和爱。因此换来源源不断的爱的支持。

生命的甘露

文 / 张燕峰

苦和甜来自外界，坚强则来自内心，来自一个人的自我努力。

——爱因斯坦

什么都会做

大学毕业后，我曾经到甘肃会宁县一个叫中川的小镇中心小学做志愿者，同全国其他农村地区一样，这所农村小学里的孩子大多是留守儿童。

我在这所小学做四年级语文教师兼任班主任，班上有个女孩叫安宁，短发齐耳，瘦瘦的，衣着并不合体，一看就知道是别人的旧衣。但模样清秀，尤其是一双大眼睛，清澈透明，如暗夜里明亮的星辰。

安宁学习特别勤奋，学校刚发下新课本没几天，她便把要求背诵的课文全部背会了。上课的时候更是全神贯注，眼睛一眨不眨地看着我，我走到哪里，她的目光就紧紧追随，生怕漏听我说过的每一句话，甚至每一个字。

与别的孩子不同的是，下课铃一响，其他孩子便像鸟儿叽叽喳喳雀跃着四散开去，飞奔到院子里或者操场上，做自己喜欢的游戏。而安宁却会红着脸，跑到讲台上来，替我擦黑板，或者整理教学用品。我笑笑，“孩子，你玩去吧。老师自己来。”

安宁扑闪着长长的睫毛，“没事的，老师，我在家里什么都做呢。”声音柔美，仿佛带着太阳的浓浓暖意。

“什么都做？”我吃了一惊，一个10岁的女孩，个头不及讲桌高，能做什么呢？

“洗衣服，做饭，喂猪，我还会锄地、割地呢。”安宁仰着小脸看着我，神色之间有着压抑不住的自豪，但在我听来，却有着成人才会有的沧桑。

我心里不禁咯噔一下，这到底是一个怎样的家庭？致使生活的重担全部落在一个10岁女孩柔嫩的肩上？

鸡蛋秘密的温暖和辛酸

甘肃省是我国农村中小学最早推行“鸡蛋工程”的省份，每天，早饭时每个孩子都可以免费吃上一枚鸡蛋。

可连着几天，我发现安宁早早地吃完了馒头，当别的孩子在吃鸡蛋的时候，她已经摊开了课本，嘴里念念有声了。

我很奇怪，纳闷地问：“安宁，你怎么不吃鸡蛋？你的鸡蛋呢？”

安宁不说话，默默地从课桌抽屉里摸出一些零散的鸡蛋皮。我一看，很明显这些蛋皮远远不够一个鸡蛋的皮啊，我的心中掠过一丝阴影：安宁把鸡蛋放在哪里了呢？

更令我吃惊的是，挨着安宁坐的几个孩子，他们手里的鸡蛋皮也明显少于其他孩子。这到底是怎么回事呢？

课下，我悄悄地拉住一个孩子询问，原来安宁早上从不吃鸡蛋，她要把鸡蛋带回家给弟弟和奶奶吃。为了不被老师发现，她只好与邻近的同学要些碎碎的鸡蛋皮，并反复叮嘱大家不要告诉老师。

瞬间，如同一股强劲的电流猝然击中我心底最柔软的地方。一枚在城里孩子眼中实在不值一提微不足道的鸡蛋，竟蕴藏着令人意想不到的秘密，而关乎这个鸡蛋的秘密又是多么的温暖和辛酸啊！我的心怦然而动，眼睛湿润了。

奶奶和弟弟在这个乖巧懂事的女孩心里是有着怎样厚重的分量？竟使她能冒着被老师批评责备的风险，凭着顽强的毅力去忍受饥饿的折磨，自觉克制着诱惑，而心甘情愿地把鸡蛋藏在书包里长达六个小时。

有爱有尊严，日子就不苦

一天放学后，匆匆吃过晚饭，我踏上了去安宁家家访的路，那是一段极其坎坷难行的土路。车辙把路面碾出一个个低洼的土坑，也鼓起了一道道如疤痕一样丑陋的小土梁。我踉跄而行，好几次差点摔倒。心里想，在这条崎岖不平的小路上，安宁每天又会是怎样艰难地跋涉？

当推开安宁家用木栅栏做的简易的木门时，我一眼就看见安宁吃力地端着半盆猪食一步一步地挪动着。我赶紧上前，伸出双手，试图接过来。安宁看见我，激动地与我打招呼，童稚的声音里透着掩饰不住的欢喜，但双脚仍慢慢向前挪动。

“安宁，给我！”我用不可置疑的命令口气发话。

“老师，怎么可以呢？小心脏了您的衣服。”安宁喘着粗气，大声地说。

我只好迈着细碎的步子跟在她身后，走了大约 20 米，安宁来到院子西北角的猪圈里。那里有一头半大的猪早已饥肠辘辘地候在那里，一次次地拱着权当猪圈门的石板，哼哼唧唧地似在表达它的不满。

安宁吃力地把猪食倒进猪食槽里，猪旋风一般冲了过来，好一阵狼吞虎咽，风卷残云一般。安宁满意地笑了，在夕阳的余辉下，这小姑娘的笑容是那样动人，犹如晨风中轻轻摇曳的蒲公英或宛如颤动在草叶间的晶莹露珠。

随着安宁进了屋里，我的心一下子坠入无边的谷底。屋里光线昏暗，墙壁被烟熏得看不出原来的颜色，像一幅年代久远的斑驳的油画。屋顶尘丝纵横，状如蛛网，土炕上盘腿坐着一个枯瘦的老太太，头发花白，状如

干柴。炕边坐着一个小男孩，同样的面黄肌瘦，饭桌上有三碗玉米粥，正冒着腾腾热气，而老太太面前赫然放着一些鸡蛋皮。

“安宁，谁来了？”声音嘶哑苍老。

“奶奶，我的老师，是从老远的大城市来的。”

安宁边说着，边拖过一条长凳，用袖子擦了几个来回，冲着我歉意地笑笑，“老师，您请坐。”

“我们家寒酸，老师，让您见笑了。”安宁的奶奶热情地同我寒暄着。

“怎么会呢？奶奶。”见我有些目瞪口呆，安宁低声说：“我奶奶眼睛不好，什么都看不见。”

吃过晚饭，安宁很麻利地收拾碗筷，撤掉了饭桌，然后转身去堂屋洗锅，接着又去院子里准备明天的猪草。

于是我和奶奶攀谈了起来，原来，五年前，安宁外出打工的父亲在建筑工地上从六楼上摔下来，当场毙命。白发人送黑发人，老人家悲痛欲绝，终日以泪洗面，最后哭坏了眼睛。

为了支撑起这个家，安宁的妈妈也选择了外出打工，前两年还不断地寄钱回来，后来不知为什么就音讯皆无。这样，不足8岁的安宁一个人扛起了家庭重担，每天早上她做好早饭，喂了猪，才步行去上学。而每天一放学，在学校和路上不敢耽误一刻钟，赶紧马不停蹄地往回赶。

奶奶哽咽着，好几次说不出话来，浊泪横流，顺着瘦削脸颊上的道道皱纹，流下来汇成了一条条磅礴的小溪。一旁的小男孩睁着空茫的眼睛，一会儿看看奶奶，一会儿偷偷地打量我。

我早已泪湿衣襟，不知该如何安慰这个于风雨飘摇中随时都会沉覆的贫寒之家。我想：自己力量微薄，何不把安宁一家生活的画面拍下来，发到网上，相信会有更多的人来关注他们，帮助他们的。

于是我拿出相机，刚刚调准了焦距，安宁恰好走了进来，制止了我，“老师，我们生活并不苦，奶奶慈祥，弟弟懂事，我和弟弟越来越大，生活也会越来越好的。”最后，安宁似在安慰我一般，轻轻地说：“爸爸活着的时候，经常对我们讲‘只要有爱，有尊严，日子就不会苦。”

我不由得对这个瘦小的女孩肃然起敬。是啊，只要心中有爱，有尊严，再艰难的日子也不会苦涩。爱和尊严才是生命的甘露。

两年后，我离开了会宁，重新回到了繁华的大城市。但安宁的话常常回荡在耳边，几年过去了，我常常想：安宁一定长大了吧？他们的日子也一定越来越好了吧？

选自《语文报》2014 年第 63 期

身世不是枷锁，贫困不是牢笼。每一个难捱的日子，都是增加生命厚度的砝码，因为苦难与希望并存。

在心里种下一首歌

文 / 顾晓蕊

若是每一个孩子的诗情画意都能得到人们的欣赏鼓励，从而获得健康的成长，那么，世界将成为一个富于诗情画意的世界。

——殷庆功

那是一个秋天的黄昏，斜阳渐落，红霞染红了天边。我和家人一起吃晚饭，偶一抬头，见窗外冒出两张粉脸。再一看是阿美和小胖，挤眉弄眼地朝我招手，我会意地冲他们点点头。

妈妈在一旁说道："别着急，多吃点饭。"我心里跟猫挠似的，胡乱扒拉了几口，就站起来说："吃饱了，我要出去玩了。"话音刚落，人已跑远。

不一会儿，院里的小伙伴陆续聚拢过来。我们开始跳方格、捉迷藏，玩累了，阿美提议说："咱们来开演唱会吧。"大家一致举手赞成，靠墙的一块青石板成了临时舞台。

阿美清了清嗓子，唱了一首《蜗牛和黄鹂鸟》，清亮的童音传进耳畔，引来我们的阵阵掌声。轮到我上场了，学着歌星的样子先鞠了个躬，然后故作陶醉地唱道："我爱你，塞北的雪……"

"哈哈哈……"二胖妈不知何时走过来，双手掐腰，笑得花枝乱颤，"这一嗓子号的，吓了我一大跳，简直比哭还难听。"她是位大嗓门的东北女人，边笑边夸张地比画着。我羞得满脸通红，扭身跑回家中，趴在床上抽泣起来。

那年我10岁，正是敏感而脆弱的年纪，被一句无意的嘲笑，淋湿了心空。我将墙上的明星海报撕掉，缺少了歌声的陪伴，感觉生活变得单调了许多。

读高中时，学校举办“庆元旦”文艺会演，老师要求全班同学排练大合唱。回想起难堪的童年往事，我灵机一动，想到个好主意。站在队伍中，跟着低声附和，没想到很快被老师识破了。

“你——站出来，单独唱一遍。”老师用手一指，厉声说道。当时我的脑子一片空白，木木地走到前面，刚唱了几句，老师摆了摆手说道：“我看还是算了吧，你就对对口形，千万别唱出声来。”

全班哄堂大笑，笑得乱成一团，难过与羞愤交杂在一起，我恨不得找个地缝钻进去。

我变得愈加孤僻内向，正是从那时起，我喜欢上了阅读。我独自坐在花树下，捧着一本书，安静地看着。青春如悠长又寂寥的雨巷，而我，仿佛是那个丁香一样纠结着愁怨的姑娘。

刚参加工作那几年，每逢闲暇时，同事们三五成群地闲侃，或去唱歌跳舞。我依旧一杯茶，一本书，静静地打发时间。后来，我尝试着写作，渐渐地文字不断出现在报刊上。

有一年夏天，我去海滨小城参加笔会，晚饭后，我和美女作家茉莉沿着海边漫步。月光洒在银色的沙滩上，海面上波光潋滟，一切如梦如幻，恍若置身仙境。

茉莉说：“这么好的美景，咱们来唱歌吧。”我不好意思地说：“我唱歌很难听的。”然后，我跟她讲了因唱歌闹笑话的尴尬往事，她微笑着说：“其实，不用太在意的，不管是快乐时光，还是悲伤瞬间，歌声都是最好的陪伴。”

那天晚上，我们并肩坐在沙滩上，轻轻地唱着歌。那些从心底淌出的

音符，有一种让人安定的力量，仿佛置身于另一个世界，感到从未有过的轻松和愉悦。

她说："在人生的舞台上，你永远都是自己最好的听众。"我听了，惊住，一时感慨不已。只因别人的几句嘲笑，我的生活就被罩上一层阴影，现在回头去看，才发现过去的想法是多么荒唐可笑。

从笔会回来以后，我们偶尔会在网上聊天，她说最近迷上黄梅戏了。我告诉她，我报了个古筝班，闲时写文章，弹古筝。她在那边欢呼道："可以想象，你弹古筝的样子，肯定会很优雅的。"

再后来，有一天，我应邀到一所中学做文学讲座。这要放在以前，是想都不敢想的事。

因为在人多的地方讲话，我会脸红紧张，手足无措。可这一回，我鼓起勇气，欣然前往。当台下响起热烈的掌声时，我起身鞠躬致谢。

想起曾经看过的一句话：你学过的每一样东西，你遭受的每一次苦难，都会在你一生中的某个时候派上用场。如此说来，那些嘲笑过你的人，那些忽视过你的人，也是你生命中的"另类贵人"。

而今，在月光如水的夜晚，我喜欢听听音乐，喝茶看书。不抱怨，不张扬，像一株植物一样安静地活着。有朋友说，你变得更明媚了，有着动人的芬芳。只有我自己知道，在心里种下一首歌，是件多么美好的事。

选自《情感读本·生命篇》2014 年第 10 期

曾经我们都是孱弱的，就像流浪的小猫，遇到陌生的环境，见到陌生的人，就害羞紧张得不行。后来，却慢慢有了勇气，有了自信，因为遇到了鼓励自己的人。

风吹麦浪香又甜

文 / 木子

有的人一辈子也无法心心相印，他们孤独得只剩下肉体和金钱的交换了。所以，请等待那个对你生命有特殊意义的人。

——张爱玲

一

田野里，一片金黄色的麦穗，闪烁着金色的光芒，它们挺直纤细的腰杆，低垂着沉甸甸的脑袋。一阵风吹来，金黄色的麦穗随风荡漾开来，像大海的波浪，此起彼伏。空气中，弥漫着阵阵麦穗的气息，香香的，甜甜的。

又到了麦收的季节，乘着学校周末放假，我赶回家，帮母亲收割麦子。

远远地，我看见田野里，母亲头上扎着毛巾，弯着腰，正在辛勤地割着麦子。我加快步伐，走到田埂边，正要下地，忽然听到有人高声地喊道："小哥，你也回来啦？"

我眼睛一亮，惊喜地笑道："麦香，你也回来帮家里收割麦子呀！"

田埂的那一头，一个穿碎花连衣裙的女孩子欢快地向我跑来。田埂旁的麦子轻轻地拂过她的裙裾，闪过一道道金色的光芒，很晃人眼。

女孩子跑到我跟前，递过一个刚洗净的黄瓜，说道："小哥，给你，刚

摘的，很新鲜呢。”

我接过黄瓜，放进嘴里，猛地咬了一口，发出脆生生的响声。我边吃边望着麦香，只见她红润润的脸庞，有细细的汗珠，被太阳晒后显得越发红润；乌黑的辫梢，沾着几根金黄色的草茎，那件碎花连衣裙穿在她身上，紧绷绷的，上面映有一片湿漉漉的汗渍。

麦香看到我看她有些发愣的样子，把头一歪，有些俏皮地嗔怪道：“怎么啦？有这样看人家女孩子的吗？”

我猛然一惊，讪笑道：“不，我是想快一学期没见到你了，你长这么高啦，我真的快认不出你了。”

麦香抿嘴一笑道：“是越长越难看了吧？”

不知怎的，我有些心虚地不敢直视她的眼睛，两眼看着远方，说道：“不是的，是越长越漂亮了。”

麦香听了，一下子笑出声来，好一会儿，她才说道：”小哥，你现在变得越来越调皮了。”

我听了，脸一下子红了。

麦香转而又用有些央求的语气说道：“小哥，这次回来，见到你真高兴。我将书本都带回来了，我还有不少地方弄不懂，晚上我到你家去，帮我讲讲好吗？”

我一口应允：“好的！”

麦香听了，高兴地又塞给我一根黄瓜，说道：“谢谢小哥，我先去忙啦！”说罢，麦香又顺着田埂向来路跑去。

窄窄的田埂上，麦香欢快地跑着。一会儿，她跳进田里，帮家人将割好的麦子一把把地捆扎起来，然后将捆扎起来的麦子堆放在一起。金色的麦田里，麦香的身影时隐时现。阳光像瀑布似的泼洒下来，田野里，一片波光粼粼，麦香的身影，被一片波光笼罩着，像是一道流动的光芒。

不知怎的，看着看着，我仿佛被什么东西击打了一下，心里荡漾出一缕柔软。

二

麦香家住在离我家不远的地方，今年上高一，比我低一年级。

小时候，每当到了麦收季节，我们就会在田里捡拾大人收割后掉在田里的麦穗。麦香捡得很仔细，一会儿，就捡到一大把。

为了超过她，我在田里不停地跑来跑去，想多捡点。麦香见了，忍俊不禁地笑道："小哥，看你慌里慌张的，好像谁和你抢似的。给你，我捡的麦穗全给你！"麦香说着，将她手里的一把麦穗递了过来。

麦香的大度，让我的脸一下子红了。麦香央求道："小哥，等捡完麦穗，再给我讲几个好听的故事，好吗？"

这小丫头鬼着呢，她一有机会就要我讲故事，有时故事讲完了，我就编一些鬼怪故事给她听，她听得花容失色，把耳朵捂起来，可还忍不住叫我继续讲。

看到她欲拒还听的样子，我感到很是开心，露出恶作剧的坏笑。每次听完故事，麦香就会从口袋里掏出一把炒花生给我吃。吃着香喷喷的花生米，我看到麦香两眼看着我，有一种崇拜的神色。

我挺了挺腰板，对麦香说："我肚子里的故事可多啦，你就慢慢听吧，不过，你家花生米炒的真好吃，我就喜欢吃你家炒的花生米。"

"真的呀？那我今后就常常带我娘炒的花生米给你吃。"麦香说着，甜甜地笑了，笑得很明媚，像田野里的麦穗，火红火红的。

我上学了，看着我背着书包从她家门口走过，麦香站在门口，将辫梢咬在嘴里，眼睛里流露出羡慕的神色。我挺了挺胸口，脸上满是骄傲。

走过一个小山坡，我回过头来，看到麦香还倚在门边看着我。我心里不禁嘀咕道，这小丫头，要到明年才能上学呢，看把她馋的。

放学回家，我坐在门口石碾上做作业，麦香也跑过来看我做作业。她

一边拿起我的书本放在鼻子下使劲闻，一边说："这书可真香啊！"

看到她那贪婪的神色，我"扑哧"一下笑出声来，说道："看你那馋相，别把我书本弄脏了。"

麦香听了，伸了伸舌头，赶紧将书本放到石碾上，然后双手托起腮帮子，聚精会神地看着我做作业。

田野的麦浪随风起伏着，飘来阵阵馨香，香香的，甜甜的。我不经意地抬起头看了看麦香，发现这小丫头眸子又黑又圆，鼻梁高高翘起，嘴唇薄薄的，一丝刘海垂在光洁的脑门上。看着麦香那神情，我心里仿佛被什么东西击打了一下，忍不住地问道："麦香，你想上学吗？"

麦香说："想啊，可我岁数还不够，要到明年才能上学。小哥，到时上学，你带上我一道去上学好吗？学校太远了，走山路我还有点怕。"

麦香两眼水汪汪地望着我，那目光里，满是哀求和企盼。看着那目光，我心里一软，挺了挺腰杆，说道："可以，不过在路上你可要听话，不能乱跑。"

麦香听了，一下子跳了起来，她欢喜地叫道："小哥，你真好！"说罢，她从口袋里掏出一把炒花生，放到石碾上，说道："小哥，请你吃炒花生，是我妈才炒的，可香啦！"

田野里，飘来阵阵麦香，香香的，甜甜的。我俩吃着炒花生，空气中，夹着丝丝花生的香喷喷的味道。我看到一根发丝飘到麦香的嘴边，那模样很俏丽，我情不自禁地笑了。

麦香见了，疑惑地问道："小哥笑什么呢？"

我抬头眺望着层层叠叠的麦浪，用手指了指，说道："你看那麦浪，多美啊！"麦香也向远处眺望着，喃喃地说道："是啊，真的很美啊！"

三

转眼，又到了麦浪飘香的季节，麦香上学了。每天早上，我从麦香家门口走过时，麦香已背好书包在门口等我了。麦香见到我，欢快地跑了过来，伸出小手，我伸出手，握着她的小手。我感到她把我的手抓得紧紧的，好像一松手，我就会飞了似的。一会儿，我就感到手心里汗渍渍的。

清晨的空气湿漉漉的，麦浪吹拂过来的气息也是湿漉漉的。走在蜿蜒的乡间小路上，麦香的小嘴一刻也不闲着，不停地向我问这问那。她喜欢组词，她把刚学到的字，组成一个个词汇，我惊叹这小丫头想象力这么丰富，有的词汇我还没有想到，她都已经说出来了。有时，我说出一个新词汇，她就高兴地仰起脸，说道："小哥，你真聪明！"

我听了，骄傲地挺直了腰杆，说道："我比你早上一年学，当然比你知道得多了。"

麦香听了，眼睛里流露出羡慕的神色。

放学了，麦香早早地来到我班级的外面等着我。看到我从教室里出来，她欢快地跑了过来，伸出手。我伸出手，握着她的小手，我感到她把我的手抓得紧紧的，好像一松手我就会飞了似的。一会儿，我就感到手心里汗渍渍的。

回到家，麦香坐在我家门前的石碾上开始做作业，空气里，飘来阵阵麦香。麦香做得很认真，有时她停下来，咬着铅笔头，几根发丝飘到嘴角，在认真思考着。实在想不出，她就会向我央求道："小哥，这道题怎么做啊？"

听到我的回答，她就会腼腆地说道："小哥，你真聪明！"

听到她的夸奖，我把腰板挺了挺，一脸自豪地回答道："那当然啦，我比你高一年级了。"

麦香听了，点了点头，脸上露出崇拜的神色。

渐渐地，麦香上学不再让我搀着她的小手了，她只跟在我身后，距离渐渐拉开了，有时有十几米远。我回过头来，看着她的样子，揶揄地一笑，从心里说出一句：跟屁虫！

不过，每天放学回家后，她还是喜欢到我家门口的石碾上做作业。渐渐地，她问我的问题也少了。我用过的书本，她都想借来看看，她爱动脑筋，自学能力很强。

麦香学习很好，每学期结束，她的考试成绩都是前三名，她还当上了班上的学习委员。她的一篇散文《风吹麦浪的季节》，还刊登在少年作文杂志上，成为我们这所乡村小学的一大新闻。

麦香对我说，她以后想当一名小学老师，要教孩子写作文，将美丽家乡的山山水水都写出来，让城里的人都来看我们美丽的家乡。

麦香望着乡村秀丽的景色，眼睛里充满着憧憬的神色。

我听了，定定地看着她，我第一次感到这小丫头变成熟了，她有她的思想和想法了。我心里忽然有些崇拜她了，不过，这一想法我没有说出口。

麦穗又到了成熟的季节。我俩先后考进县重点中学，县中学离家很远，我们成了住校生。两人不再走在上学、放学的路上，只有每年放暑假、寒假的时候，才能见到面。

屋前的那块石碾上，显得空荡荡的，有时望着屋前的石碾，我心里不免有些怅然。恍惚间，我和麦香在石碾上做作业的情景又在眼前浮现，眼前渐渐变得朦胧起来……

四

风吹着麦浪，一年又一年。转眼，高考结束了，我考取了南方一所重点大学，我成为我们这个小山村第一个考取重点大学的大学生。

我打起行装，走在麦浪翻滚的田埂上，去大学报到。

忽然，我看到麦香正站在田埂的那一头，向我这边张望。看到我走了过来，麦香挥舞着手臂，兴奋地向我跑来。

一会儿，麦香就跑到我的跟前。麦香还是穿着那件碎花连衣裙，或许是因为激动，麦香胸口在剧烈地起伏着，脸庞红润润的。她一把接过我手里的行李，说道：“我送你到车站。”

田野里，金黄的麦穗一眼望不到尽头。空气中，夹着麦香的气息，香香的，甜甜的。田埂边的麦穗，不时轻轻拂过我的腿，痒酥酥的。好像麦穗伸出纤细的手臂，要深情地挽留我。

麦香终于打破沉默，说道：“到了大学，别忘了给我写信，把你在那边的学习、生活情况告诉我。”

我笑道：“还有一年，你也要参加高考了，祝你心想事成！”

麦香眺望着田野里一望无际的麦穗，一丝刘海拂过她的额前，她的目光变得有些深邃。她说：“那是我的梦想和向往，梦里多少次，我和你一样，也考上了大学。”

我鼓励道：“你学习功底很扎实，一定能考上的。”

麦香忽然兴奋地说道：“如果我考上了，将来我还要回到我们这个小山村，我想在这里开办一所民办小学校。这里的孩子上学太不方便了，每天上学、放学要走很远的路，还要翻越几个山头。如果在这里能建一所小学校，那将会给孩子带来多大的方便啊！”

我听了心里微微一震，不禁抬起头来看着麦香，那一刻，我感到麦香既熟悉又陌生。我脸有些发烫，喃喃地说道：“你想得很好，我感到你很了不起，我就没有想到这一点。”

麦香突然问道：“你大学毕业后，将来要到哪里去呢？”

“将来？”我听了，茫然一笑道：“将来还很遥远呢，我只想把学上完，等将来到来，再看命运安排吧！”

麦香听了，脸上闪现出一丝淡淡的忧愁，这忧愁，在她清秀的脸庞上，显出一种别样的美丽。

天空中，飞来一行白鹭。它们在麦田上方不停地盘旋着，一会儿，有的白鹭停在麦田里，有的则飞走了。麦香用手指了指天空中飞过的白鹭，目光中闪过一丝晶莹，她说道：“你看那些白鹭，它们飞过这片麦田，有的非常留恋这里，它们留下来了；有的盘旋了一下，然后又向远处飞走了。”

我说：“是呀，你观察生活总是这么细致。”

……

一年过去了，又到了风吹麦浪的季节。我收到了麦香给我的来信，麦香说，她也考取了我这所大学，她很快就能见到我了。麦香还说，乡里十分支持她办所民办小学的想法，校址也选好了。大学毕业后，她就回去当老师，让村里适龄儿童都能就近上到学，不再像我们曾经那样翻山越岭地去上学了……

我终于给麦香回了一封信，信中告诉她，我也想好了，大学毕业后，我也要回到我们的小乡村，和她一起，把那所小学校办得蒸蒸日上，红红火火的……

选自《好家长·青春期教育》2013年第6期

> 经过好些事情，我们才会知道这世界有一个人跟你志趣相投，然后陪你一起做事，该是一件多么幸运的事。

坐在最后一排的日子

文 / 冠豸

友谊不但能使人生走出暴风骤雨的感情而走向阳光明媚的晴空，更能使人摆脱黑暗混乱的胡思乱想而走入光明与理性的思考。

——培根

一

我们班的座位考一次调整一次，按成绩高低，从前往后依次类推。大家抗议过，但抗议无效，老班说："机会均等，公平竞争，成绩好的当然得放在前面重点保护。"

我是从来都不用为这种鸡毛蒜皮的小事担心的，因为无论怎么调整，成绩好的我总是占据最前排的位置。我从来都没有想过，一个教室里，这一前一后的位置居然宛若两个不同的世界。班上的同学也自然而然地分成了几个不同的团体，泾渭分明，大家似乎都很明确自己的位置。

我没觉得这有什么不妥，直到后来有一次，我因为和父母产生矛盾，赌气下我故意考了很差的分数气气父母。分数确实很低，全班倒数第二。

二

调整位置那天，老班苦口婆心地教诲了我一大堆话。我微笑地看着他，

面无愧色，不就是坐最后一排吗，有什么呢？我对父母的气还没消。

班上的同学有的面露不屑，有的沾沾自喜。倒是最后一排的几个同学，他们乐呵呵地欢迎我，我冲他们笑，没吭声。

我的新同桌是一个叫马丽的沉默女生，以前我没和她说过话。我们的位置相隔遥遥，根本不用打交道。我把东西搬过去时，我向她打了声招呼，她没理我。

“终于来到最后一排了。”我伸了伸懒腰，一脸的得意自在。

“你是不是脑子有病？坐到最后一排了还这样高兴。”她不屑地嘀咕。

我愣住了，看着出言不逊的马丽，不明白她为什么这样说。“有什么呀？你不就一直坐在最后一排吗。”说完这句话，我马上后悔了，因为我看见马丽的眼圈瞬间红了，她低低地说：“我知道你们都嘲笑我。”我这才想起，她每次考试都倒数第一，一直坐在最后一排。

才过了几天，我就明白了坐前排和后排的区别。坐在后排的学生学习成绩惨不忍睹，玩的花样却数不胜数。他们爱起哄，有时还故意捣乱，偶尔也会趁老师不注意时溜出教室玩。但马丽和他们不一样，她上课很认真，可坐在后排，各种影响很大，根本无法专心。

“那个弱智，你看她整天抱本书，装成一个好学生的样子，却次次考倒数第一，比我还差，真不知那是什么脑袋？”隔壁桌的男生，在课间马丽出去时对我说，一脸戏谑的表情。

我确实感觉到后排的同学都不喜欢马丽，他们成绩差，那是因为他们贪玩，但马丽的情形完全不一样，成绩却比他们还差。连他们都瞧不起她，除了“笨”再无其他解释。

不是说认真学习就会取得好成绩吗？为什么马丽不行呢？莫非她真是“笨”到家了？

那男生离开时，潇洒地打了一个响指，嘴里哼唱起：“无所谓，谁会‘碍’着谁……”

看着他离开的背影，我有片刻的失神，或许他也不想一直坐在这最后一排的位置吧。还有马丽，同桌几天的时间里，我就已经明白她的心思，她是那么急迫地想离开这个代表着屈辱的位置，调到前排去。她个子不高，还近视，可是坐到哪里这并不是由她说得算的。

三

一天放学后，我留在班里出黑板报。等我走出教室时，校园里已经空荡荡的了，只有聒噪的蝉鸣此起彼伏。

跑下楼，穿过绿树成荫的甬道，我抄近路往校门走。路过操场西边的小树林时，我看见了一个熟悉的身影——马丽。她正站在一棵树旁边，脸上淌着泪，我悄悄走近想瞧个究竟。

晌午的阳光下，马丽抽噎着，一只手用力地拍打着树干，边哭边哽咽："他很快又要调回前排去了，我为什么就不行？我一直在努力，可我所有的努力都只是在做无用功。我是笨猪吗？为什么次次考试都是最后一名……"

马丽乌黑的马尾辫一直在我眼前晃荡，双肩起伏抖动，她看起来很冷的样子，抖得厉害。她的手一直拍打着眼前的树，仿佛那树是她的脑袋，拍打过后就能开窍。我突然觉得马丽很可怜，一个 15 岁的女中学生，要悄悄躲在放学后校园里无人的小树林里对着一棵亘古沉默的树发泄内心的愤懑和伤心。她无人可以倾诉，她内心的悲痛只能说给一棵树听。

"马丽！"我轻轻唤了一声，极尽温柔，怕吓到了正沉溺于痛苦中不能自拔的她。她这时可能有些累了，倚靠在树干上，双手抱着头，仰望着高远的天空。

听到叫声，马丽显然吓了一跳。待看清是我时，她脸上即刻呈现出一种戒备的神情，忿忿地说："你来干什么？看我笑话吗？""你知道我没那意思。"我友善地说。"那你什么意思？在跟踪我吗？"她紧接着追问。"我刚好路过。"我说。

马丽幽幽地叹了口气，可是才一会，她眼中的泪又不设防地汹涌而出。她抹着泪说："我讨厌坐在最后一排，讨厌那让人屈辱的位置。可我努力了，还是最后一名。"

我掏出纸巾，递给她，让她尽情地哭，能哭出来总比压抑在心里好。

好一阵后，我轻声问："好一些了吗？"她没吭声，但脸上的表情渐渐平静下来了。

"需要我帮助吗？"我问她，之前她总像只刺猬，让人难以接近。

我知道，马丽其实不是这样的女生，她渴望友谊，却因为成绩差而一直受到伤害，在班上，她没有朋友。

"你为什么想帮我？不嫌弃我笨吗？"她自嘲地说，对我的话充满了疑惑。

"你不是想离开最后一排，离开那个让你厌恶的位置吗，我有能力帮你，接受吗？"我问。

她犹豫片刻后，说："我很愿意，但你怎么帮我呢？每次一到考试，我就如临大敌。心里慌乱，头脑昏沉，仿佛做了一场噩梦，梦醒后就是悲惨的最后一名的成绩……"

马丽絮絮叨叨，说出了她心底里一直埋藏的秘密，原来她有"考试恐惧症"，就像有人有"恐高症"，有人会晕血一样，是一种心理疾病。我确实有点被震到了，我从来没想过，她居然会如此害怕考试，怪不得那天考试时，她给我的感觉怪怪的，脸色白得就像一张纸。

"你是不是对自己不自信？"我问她，只有找到根源才能解决问题。

"我也不大清楚，可能是吧，反正我就讨厌考试。从小父母让我学这学那，什么都要考试，考不好就要挨骂……"马丽说。她开始信任我了，一股脑儿地把过往的经历都告诉我。

我正思忖着，突然听到肚子"咕咕"叫的声音，还真有点饿了。我邀马丽边走边讲，让她把心里话都说出来，至少这样她会舒服一些。在路口说“再见”时，我看见马丽朝我笑了，她挥着手，很开心的样子。

四

下午上课，老班第一件事就是发考卷，然后公布总成绩，准备调整位置。我注意到马丽的脸又苍白如纸，她紧张地抿着嘴，手不停地互相搓揉，眼睛紧紧闭上，身体却禁不住筛糠般抖动起来。

我在桌子底下，轻轻踢了她的脚，示意她别紧张。

第一个被叫到调整位置的是我，这次考试，我又回到了第一名。但我举手向老师说，我暂时不想调整位置，放学后我会把原因告诉他。老班一直器重我，所以我的要求被允许了。但我看见了周围同学不解的目光，他们窃窃私语，说我是不是看上马丽了。我淡淡地笑起来，不想多作解释，既然答应帮助马丽了，我就应该兑现承诺。

马丽也急了，一下课，她就对我说：“你应该回到前面的位置，这里不属于你。“你不想坐到前面去吗？”我反问她，她看了我一眼，低下头没再吭声。

那天放学，我找到老班，把自己的想法告诉他，并且对他说：“按分数排位置，确实能鼓励一部分同学，但也会伤害一部分同学的自尊心。大家都努力才最重要，毕竟没有谁愿意考最后一名的。”我说得很诚恳，还把马丽的事告诉他。

看着老班惊讶的表情，估计他也没想到还有“考试恐惧症”的事，想了一阵，他说：“那好吧，你先回去，我再想想有没有更好的方式。”

马丽的症状，我不知要怎么办，我建议她和父母开诚布公地谈一次，让家人带她去看心理医生。至于我，能帮她的就是鼓励，让她对自己多一些自信。我们依旧同桌，相处融洽，课后，我帮她补缺补漏，把基础打扎实。

马丽一点都不笨，很多难题，我稍微点拨一下她就能想出来，看着她

欢悦的笑脸，我心里也乐滋滋的。毕竟她走出了孤单的角落，不再刺猬似的随时武装自己和戒备别人的友善。

我们班后来重新调整了位置，不按分数，按身高。那天老班说了很多抱歉的话，说得很动情，他的良苦用心，我想我们都明白。作为老师，他所做的都是为大家好，只是有时方式不对。

我不知道马丽是不是真的有去看过心理医生，还是位置的调整对她有了影响，或者是有我的一点点功劳，反正马丽后来的考试都能正常发挥了，而且愈来愈好。

我想，她应该是战胜了“考试恐惧症”吧。只是很多时候，回想起坐在教室最后一排的那段日子，我心里就会有很多感慨：人与人之间，如果没有深入了解，表面看到的往往并非真实的内里。

选自《初中生之友·中旬刊》2013 年第 11 期

试着去靠近一个迷茫的人，并去鼓励处于进退两难的她，你的善举会让她重拾自信。

无法唤醒的友谊

文 / 侯雪涛

一些事情渐渐变得淡灭，你知道它存在过，但却已经忘记怎样的存在过。

——七堇年

在那个桃花初绽的春天，我结识了林子——一个我少年时期记忆最深刻的铁哥们儿。

林子转到我们班时，恰巧成为了我的同桌。现在还能想起，他是以微笑的方式，和我打的第一个招呼。他那粲然一笑，如初绽的桃花，给人一种暖暖的感觉。很自然地，我们成为了形影不离的铁哥们儿，无论是吃饭还是回宿舍都黏在一起，甚至连去厕所，都人为地把时间赶在一个点上。

中考如一只拦路的巨虎，横在我们正值贪玩、叛逆的岁月里。我们不得不将自己置身于铺天盖地袭来的试卷和练习题中，每天都机械地演绎着三点一线的程序式生活。

纵然如此，我和林子还是会从脑瓜中揪出一些稀奇古怪的玩法，以此来丰富我们枯燥的学习生活。在一道道习题的激烈谈论中，一次次玩耍的嬉笑声中，我们的友谊也在逐渐地凝固、升温。

那个年纪的我们，心里密密麻麻缀满了米粒般的秘密。我们不愿拿出来向父母倾诉，因为他们往往不能正确地理解秘密本身所被我们赋予的真正含义。我们也不愿在教室里和老师同学们分享，因为有些秘密在别人眼

里可能就成为了被嗤之以鼻的谈资。但总会存在那样的一个人，我们毫不吝啬地向他倾诉，他也不厌其烦地仔细聆听。

这样的朋友，我们往往称他为知己，而林子正是我那个时候的知己。在每个放学回宿舍的路上，我们用花草做掩护，偷偷摸摸地掏出自己的小秘密，然后交换给彼此。就这样，我们一边分享着，一边偷乐着，慢慢悠悠地滑过了青涩的青春。

我和林子终究还是被中考给硬生生地拉开了。我选择了离家比较近的县重点高中读书，而林子为了跟随在省城做生意的父母生活，选择了在省城里的一所高中读书。

繁重的作业和密集的考试将高中生涯的每个罅隙都塞得严严实实，对于那些曾经的一些刻骨铭心的人和事，只能偶尔在课堂上某个走神的瞬间或失眠难捱的夜晚才会去甜甜地回忆一下。

直到上了大学之后，我才开始四处打听关于林子的消息。听昔日的一好友说，林子的父亲在省城做生意发了大财，虽然他才刚上大学，就已经给他配上了车。

原来林子家发生了翻天覆地的变化，这倏忽而至的消息，听着都让人垂涎。当得知林子电话号码的瞬间，我心脏兴奋得快要破喉而出，仿佛已经看到昔日那份镀有纯真美好的友谊正一步步地向我靠近。

当拨通林子的号码时，他已完全听不出了我的声音。同样，我也不敢相信，那愤慨，怒气十足的音色是林子的。“谁啊？你到底是谁啊？”我着实被这种质问式的沟通方式给惊住了，我开始揣测，这是当年那个温文尔雅的林子吗？难道是我拨错号码了？

当我报出我的名字的时候，林子停顿了一会儿，才惊愕地“哦”了一声，说话的语气明显没有刚开始那么暴躁，但仍不乏盛气凌人之势，给人一种难以靠近的感觉。终于，电话在我们简短地叙了个旧之后，被匆匆挂掉。

昔日无话不谈的好兄弟，如今竟也会面临无话可说的尴尬。还好旧日的情谊尚未被时光抹杀殆尽，我们约好了寒假同学聚会时会面。

聚会那天，我早早地就赶到了集合的地点，翘首等待着久未谋面的同学，当然，最大的期待还是能够和林子重逢。陆陆续续地，同学们不断从拥挤的公交车上下来。林子无疑是那天隆重登场的风光人物，身着一件浅蓝色西服，开着一款锃亮霸气的黑色轿车。如此潇洒的出场方式，令众人艳羡不已。

有许多同学旋即迎上车前，乐此不彼地谈论着关于汽车方面的话题。我则迅速挣开人群，气咻咻地跑到林子的面前，面带微笑地和他打了第一个招呼，一时间心情十分复杂，兴奋、欢喜的同时还夹杂着心如鹿蹦般的紧张。林子以微笑回应着我，同时友好地向我伸出了右手。

这种有点偏官方的礼仪，对于我这种　　未深的学生来说，一时难以适应。迟疑了片刻，我才徐徐伸出手去。不知为何，我总感觉这种看似正常的见面方式，夹杂着浓厚的疏离成分。

也许由于家庭背景、社会阅历的不同，我们原来的那份亲密无间被粗暴地拉扯成一条深不见底的鸿沟。我和林子分别站在沟的两侧，仿佛只有通过握手的方式才能触及到彼此。那种肩搭着肩的亲昵姿势，也许只能从那些泛黄的照片中寻觅。

一向不存在羡富心理的我，如今，在林子面前，心底竟陡然升起了些许自卑感。他那种优渥的生活是如此的刺眼，就连我和他握手的瞬间，都感觉他手上那只名贵的手表在鄙夷着我空空如也的手腕。

尽管生活上有如此大的差距，但我还是坚定地认为我们的友谊仍能像当初那样的纯真。所以我一逮着林子空闲下来的机会，就立刻凑上前去，十分热络地和他聊着一些无关痛痒的话题。

但林子的反应并没有我这般迫切，往往是我和他聊了一段时间，他就借故离开，或是去洗手间或是去打电话。对于我和他聊的以前的那些趣事，

只稍稍搪塞一下，便去忙着招呼其他同学去了，似乎对于当初那段刻骨铭心的友谊有意地规避着。

聚会结束，我盛情邀请林子去我家做客，但还是被他给婉拒了。在他临走之前，我把事先精心准备好的一本画册送给了他。那本画册上有我们所有的合照，还有我对林子的赠言以及美好祝福。

本来想着，林子看完之后一定会感触颇深，继而会再一次加固我们之间的友谊。可出乎意料的是，在他调好车头正要走时，他只简单地翻看了一下画册，然后随手就将画册甩在了后座上。

那轻而易举地一掷，也许他以为已避开了所有人的视线，但恰恰唯独我，在同学们都离去之后，仍驻足在原地，目送着他最后一程，所以才不偏不倚地目睹了他这个犹如痛击在我心口上的举动。我明白，林子那漫不经心地一甩，甩开的不仅仅是一本画册，还有我们之间那份已薄如蝉翼的友谊。

也许旧日时光就如相册里的照片，只可翻看，无法重演。任你怎样拉扯，也不能从过去拖拽出那份浓厚的情谊，倘若奋力撕扯的话，结果只能是完全破碎。我们永远叫不醒一份装睡的友谊，正如我们永远无法感动一个不爱我们的人一样。那份虚掷在流年里的情谊，只能让它随时光封存在过去，我唯一能做的就是把它当作一份美好的回忆，去好好珍惜。

选自《情感读本·道德篇》2015 年第 3 期

岁月是把杀猪刀，抹杀的不光是我们的脸庞，还有那份单纯的友谊。那份固执的坚持，最后不过沦为遗憾，变质的东西，说什么也回不到过去了。

Part 第五辑 05

那个曾经偷偷喜欢你的男生

他想起50年前他还是一个意气风发的青年，一转眼，却已霜染双鬓白雪盖头。他不知道，这时光是否也将他变得面目全非，一想起来就有些吓人。不过投眼过去，他看到浅水塘的风景依旧，不大的水面，秋水鳞波含情脉脉，湖边依旧是挤挤挨挨的堤柳。现在，因为秋风光顾，那些柳叶不胜寒凉，开始飘落。一些叶子还落入水中，成了蚂蚁的诺亚方舟。

流年不寂寞

文 / 冠豸

友谊使欢乐倍增，悲痛锐减。

——培根

一

小时候的付豪虎头虎脑的，特别可爱，邻居都说我们是“青梅竹马”。

付豪整日里寸步不离地跟着我，我很开心，有个忠实的跟班，那些跑腿的事，说一声就有人行动了。就连付豪妈妈都曾说：“我们家小豪只听杨洋的，我讲一箩筐的话也抵不过小洋洋一句话，我这老妈当得够失败。”

大人们爱逗乐我俩，我俩也配合，总让气氛热烈而美好。那时候，我们是在两家轮流放养的，谁家大人没空，我们就到另一家，吃饭、睡觉。

付豪小时穿过我的裙子，是他自己抢着要穿的，他那时特羡慕我那些带有蕾丝花边的漂亮裙子，还吵着要他爸上街为他买。

玩过家家时，我是他唯一的公主，这羡煞了多少同龄女孩子的心。

小小的女孩子，哪个不愿意自己是个美丽的公主呢？

我们一直同班，我肩负着他父母的重托，要看管好他。付豪倒也配合，虽然时常会惹我生气，但我一说要告诉他爸，他就乖乖就范。

二

上初中后，我们的距离渐渐拉远了。

付豪成天和一帮男生玩，他们常常顶着烈日，在偌大的操场上踢球，跑得大汗淋漓。我很讨厌他的邋遢和不拘小节，和小时候完全不一样了，我说的话，他不听，还反驳我："女生懂个屁！"

他的个头长得很快，高我半个头了。他说话的声音也变得沙沙的，喉结凸出，嘴唇上冒出绒毛般的小胡子，丑死了。可我发现自己总在不经意中凝望着他，这个英姿勃勃的小帅哥是我当年的小跟班吗？

初二的暑假，家属大院对面的小洋楼里搬来了一户人家。以前小楼住着一对老夫妻，长年铁门紧锁，鲜有人影出现。

很快我就从妈妈口中知道了答案，新搬来的人家是那对老夫妻的儿子一家人，从厦门回来准备办企业。

本来这一切都和我没什么关系，但新搬来的那家人，有一个女儿叫马依伊。马依伊是个皮肤白皙的漂亮女孩，一颦一笑都充满了让人无法抵抗的魅力。开学后，她成了我的新同桌。

三

马依伊这样的漂亮女孩在我们小县城是非常独特的，不仅所有男生对她充满好感，就连女生也会暗自羡慕。

我也羡慕她，羡慕她的白皮肤，漂亮衣裳，还羡慕她那双水汪汪的大眼睛。其实我平时挺爱说话的，但她在身旁，我就有种无形的压力。看她云淡风清的样子时，我就感觉自己好卑微。

我是个敏感的女生，自尊心特别强。如果她只是一个平凡的普通女孩，我肯定会主动和她打交道，显示我这个大班长的亲和力。但她如此优秀，如此美丽，强大的气场压得我毫无招架之力。

我性格倔强，也爱较劲，自从和马依伊同桌后，我也开始注重自己的形象。以前，在班上我总是风风火火，但后来我学着马依伊一样轻声说话，笑不露齿，可是许久没和我说话的付豪有一天突然在家属院嘲笑我"东施

效颦”。

我挺恼马依伊的，她的到来完全打乱了我的生活。本来，这里是我的领域，我活得自由自在，所有女生唯我是从，男生也乐意和我交往。可她的出现，让我从公主变成了丑小鸭。

对马依伊的不友善暗自滋长，虽然她偶尔会主动与我说话，但我不愿意搭理她。我还在女生中散布谣言，说马依伊看不起我们这些小县城的女生。十五六岁的年纪，自尊心强，容忍不了别人的轻视，我的话无疑让马依伊引起公愤。众女生一时之间都集体孤立起马依伊，再也没有人愿意和她亲近。

可我注意到自从马依伊来后，班上的男生突然间变得绅士起来，再没有人会在课间与我追逐打闹了，更没有男生会在踢完足球后，在教室里脱下鞋子，露出那双臭气熏天的脚。

特别是付豪，他以前总以邋遢为荣，现在不仅衣着光鲜，还成天带把小梳子时不时地打理他那凌乱的头发。我还听他妈妈说，付豪现在可讲究了，不仅洗澡要用名牌的沐浴露，每天睡觉起床时，还要用洗面奶洗脸……

四

马依伊来后，付豪在课间又开始徘徊在我的课桌周围，打着询问我作业的幌子，行靠近马依伊的事。他以为我和马依伊同桌，就想从我这入手，接近她。

可是他弄错了，我和马依伊不和。没想到付豪直接跳过我，当着我的面对她说：“你好！马依伊同学，我是付豪，住在你家对面的院子里，以后我们可以一起上学、放学。”

马依伊笑着点头。其实我理解她的心情，毕竟初来乍到，一切陌生，有个长相帅气的男生愿意效犬马之劳，为什么要拒绝呢？但她的不拒绝伤害了我。

每天早上，当我推着单车从家里出来时，总能看见付豪在对面的小楼铁门前大叫：“马依伊，上学啦！”那叫声充满了喜悦，在清晨的凉风中，像一支歌。微醺的阳光照耀在他光洁的脸庞上熠熠生辉。

我恨恨地瞪着他，在经过他身边时，冷哼一声。

我们开始冷战，这样的花痴男生，谁爱理他？可我心里却难受极了，每次看见他和马依伊有说有笑时，心里就如同虫噬一般。我妈说我像是霜打过的茄子，可我觉得自己根本就不如茄子。

五

心情烦躁不安，我没有心思学习了，成绩的巨退让我仅有的自信溃败如泥。马依伊的成绩很好，特别是作文，总被老师当范文在班上传阅。而她来之前，这一荣耀一直属于我。

有天在作文课上，老师再一次朗读她的作文时，我忍不住嘀咕了一声：“虚伪！全是骗人的。”声音虽小，但班上还是霎时陷入了寂静。

老师愤然地问我：“杨洋，你说谁虚伪？什么全是骗人的？”我用余光瞥了眼坐在身边的马依伊，只见她紧张得手在抖动，脸已经趴在桌面上。

她的作文《我的幸福生活》根本就是糊编乱造，我都听左邻右舍说了，马依伊的妈妈爱慕虚荣，为了能去国外生活抛夫弃女，她现在的妈妈只是她后妈，对她一点都不好。没妈的孩子像根草，还装什么公主？虽然家里有钱，但那又怎么样？

我想当场揭穿马依伊的幸福假面具，报复她无意中带给我的伤害，但后来还是忍住了。老师批评我不该上课乱插嘴，我红着脸没吭声。那堂作文课，我的心情起起伏伏，实在想不明白，马依伊为什么要撒谎？编造一个假的幸福故事来骗大家，也骗她自己？自欺欺人是件有趣的事吗？

我没想到，马依伊会递纸条给我，上面只有两个字：谢谢！

放学后，付豪在路口等我。他站在树荫下，见我驶近，走过来一把按住了我的车把，说："杨洋，算你还有点良心。"

我不悦，冷冷地盯着他说："你也配和我讲良心？我现在倒是后悔课堂上为什么不揭穿马依伊的幸福假面具？她有那么高贵吗？"

"杨洋，你不能这样，依伊她一直很痛苦……"付豪说。

是呀，她痛苦，他紧张，他心痛得不成样子。那我的痛苦呢？他就视而不见了？我愤愤地说："放开我的车！花痴。"

六

付豪其实和我一样，也听说了马依伊家里的事。刚开始，他不相信，但后来看见马依伊偷偷哭泣后，他明白了，马依伊表面装作云淡风清只是不希望被人同情。那些破碎的家事，被妈妈抛弃的伤害，让她从一个爱说爱笑的女生变得沉默内敛。

付豪告诉我，马依伊其实一直挺羡慕我的，她想和我成为朋友，但我一直拒绝她的友善……

我当时听到关于马依伊的家事时，确实心花怒放过，觉得上帝还真是公平。在课堂上，听到老师念她的作文时，我就想揭她的短，让她出丑，让她无地自容，但当我注意到她颤抖着的身体时，我的良知告诉我不该这样做。

付豪说，马依伊是个特别的女生，刚开始，他对她充满好奇，想接近她。但真正接触后，特别是了解她的经历后，他只想保护她。

"漂亮女生你都好奇吧？"我挤兑他。

付豪笑了，拍着我的肩膀说："就你最了解我。"

看他没心没肺的笑，我对他的恨意也渐渐消融。

和付豪恢复邦交后，我的心情也变好了。马依伊也在一天下课我准备离开座位时，轻轻拉住了我的手："杨洋，放学后，我能搭你的自行车回家吗？”

我明白那是她再一次向我发出友谊的信号，于是肯定地对她说：“嗯！放学后我们一起回家。”看着她眼中流露出来的光彩，我读懂了她对友情的渴望。

其实我也一样，渴望友情，在这孤单流年里，希望有自己的伴，这样才不会寂寞。但我太敏感，自尊心作祟，差点就遗失了这份美好。

选自《意林 12+》2015 年第 6 期

小时候我们极力保护自尊心，甚至为了自尊心可以跟所有人为敌。可是一切又都是美好的，人总要长大，那些所谓的固执在遇到一份友情时，也会变得脆弱。在那个时候，还有比友谊更好的礼物吗?

情分，比金钱更重要

文 / 金珠

友谊不用碰杯，友谊无须礼物，友谊让我们不会忘记。

——王蒙

五年前，我在一家建筑单位工作，和几位同事共同管理着一个来自甘肃的包工队。这个包工队都是些二三十岁的青壮年，干起活儿来特别卖力，无论安排给他们什么任务，他们都能按时高效完成。有一次，我夸他们活儿干得漂亮，包工头王振飞粲然一笑，“我们都是没文化的人，要是再不舍得出力、干不好活儿，靠什么生活？”

其实，那个时候，建筑公司管理并不规范，拖欠工资是常有的事，这个包工队一样在所难免。有些工人因为身上没钱，常常一连几个月都回不了家，而且他们吃的大灶饭，油水也是少得可怜。

就是这样，每次当我和我的那帮同事检查工地时，遇上他们，他们给我们的依然是毕恭毕敬、满脸讨好的微笑和埋头苦干、忙忙碌碌的身影，我们的颐指气使，他们言听计从。

冬去春来，很快就到了年底，还好，工人们都拿到了自己应得到的报酬，工地也放了年假。王振飞的包工队在回家前一晚，热情地邀请我出去吃饭。盛情难却，去了后才发现，他们只请了我一人，并没有我的那些同事。酒桌上，王振飞端起酒真诚地说：“李工，我敬你一杯，感谢你平时看得起我们兄弟，我们大伙儿心里都念着你这份情。”

他的这番话说得我一头雾水，我并没有为他们做过什么，而且施工中对他们要求还很严厉……王振飞见我发愣，就絮絮叨叨地说起来："为拖钱工资的事，工人没少发牢骚，当每次说起什么家里种地、父母看病、孩子上学等等急需钱的事情时，任凭我的这帮兄弟说得诚惶诚恐或义愤填膺，你的那帮同事要么一脸漠然，要么匆匆离去。只有你每次不着急走开，不发火，还笑着给我们解释；平时工作中，你们的人一贯趾高气扬，声色俱厉，对工人们冷漠高傲，只有你始终面带微笑，说话和气……"

他说的每一句话，都听得我是愧不敢当，脸上阵阵发烫。我的那些冠冕堂皇的话，不过是看他们纯朴辛劳，又为他们遭遇不公深表同情有感而发罢了；我对他们和气，不过是我也出身农村，与他们有种天然的亲近之感。至于实质性的内容，我哪有解决的能力！但是，偏偏就被他们"念着这份情"。

一个年轻的小伙子端起酒杯，"李工，谢谢你的创可贴。"他说，有一次，他不小心被角钢划破了手指，我正好路过，给了他一个创可贴。那个创可贴一直温暖着他的心。

我暗自叹气。有这事吗？这个年轻人，我连他姓甚名谁都不知道，一个微不足道的创可贴，他还念念不忘。

有个工人给我敬酒时说我借给过他钱，不多，五块钱，是我看见他没钱买烟，但这五块钱他不打算还，要牢牢记住；还有个工人说他用我的手机给家里打过一个电话，他以为我不会借，没想到我当时非常爽快，他又激动又感激……我一杯接一杯地喝着酒，其实我根本不胜酒力，可是这一杯杯的酒就像一颗颗热腾腾的心，热烈真诚，我无法拒绝。

推杯换盏，我们喝得酣畅淋漓，很久没有如此痛快过了。临散前，我抽空偷偷提前结了账，他们并不知，大声吆喝服务员过来结账，还怕我要和他们争抢。三五个人拥着我，并且瞪着眼对服务员说，你要是收了他的钱，以后就甭指望我们在这吃饭了，说着一直把我架到了门外。我心知肚

明，并未过多强调和挣扎。

路上，收到王振飞发来的短信：“李工，我们可不可以和你成为朋友？”我回复：“当然可以，我心里早把你们当成了朋友！”他再次发来短信：“那我们就放心了，饭钱我们装在了你口袋里，服务员是我一个哥们儿的女朋友。既然认了我们这帮朋友，这顿饭就该我们请。认识你这个朋友，我们都很激动。祝新年快乐！”

我一阵眼热鼻酸，他们没钱，他们也缺钱，但这个时候，他们却不在乎钱，看重的是人与人之间的情分和尊重。

我颤抖着手在手机上发出：“新年快乐！幸福如意！”

选自《心理与健康》2015 年第 1 期

记得上学那会儿，每次吃饭，哥儿几个都抢着付钱，虽然那时一个比一个拮据，现在想想就是为了情分。那些对你大方的人，肯定是希望跟你有交集的人，是爱你的人。

那些尊重，别样温暖

文 / 高然

一切的一切都开始于相互尊重。

——佚名

一

老家二叔来城里看病，打算在我家住几天，以前二叔经常给我们捎乡下土特产，难得他这次来“打扰”。母亲决定把家里卫生好好打扫一番，一来看着整洁舒服，二来也是对客人礼貌，此举遭到父亲的反对。

父亲说，你二叔常年生活在农村，性格比较随意，细节上也没那么多讲究。如果他来了看到咱们家窗明几净，地板能照出人影儿，床单洁白柔软，他一定无处下脚，无所适从，会有很多不自在。倒不如先就这么脏着乱着，他就会放松很多，这也是对他的尊重。

我和母亲听后，认为还是父亲想得周到细致。二叔生活在农村，他没有进门就换鞋的意识，也没有睡前洗脸洗脚的习惯，吸烟满地都是烟灰……

如果我们把家里收拾得干干净净，井然有序，他不但会拘谨，而且还会生分，真要这样了，他哪里还能安心住下去啊！我们这不是变相“逐客”吗？

二

一次，我和同事赵阳去路边一家小餐馆吃饭，一进门，我就对正在忙活的老板说，给我们来两碗面。赵阳急忙提醒："老板，我要小碗的。"我取笑他，一个大小伙子，吃碗面还分大小，吃不完大不了剩下。

赵阳笑了："我如果说那样做是在浪费粮食你一定会说我矫情，抛开这个不提，一会儿咱们走了，老板看到碗里盛的面，一定会想，这碗面我是把盐放多了，还是醋放多了，肯定是不和顾客的口味，要不然人家怎么会没吃完呢？这样一想，他再给下个顾客放调料时，就会特别小心，反而会拿捏不准，因为我让人家没了自信。可实际上，面的味道很可口，只不过是我肚子装不下罢了，但老板不知道这个情况啊！所以，面剩下事小，直接会连累人家手艺正常水准的发挥，说不定连心情都会受到影响！"

我嘴上笑他想得太多，心里却暗暗为他的心思缜密所叹服。

三

一天，李洋和夏冬坐公交车回家，正值下班时间，人很多。上来一位老人，李洋赶紧站起来让座。这位老人却很客气，笑呵呵地说："谢谢你，你们年轻人上了一天班也挺累的，还是你坐吧，我站着就行。"但李洋还是坚持把座位让给了老人，然后悄悄示意夏冬和他挪到了车厢后面。

夏冬觉得好奇，座都让了，干吗还非要挤到后面来，一会儿下车还得费事再挤出去。

李洋微笑着说："我给你讲个事吧！有一次，我父亲坐公交，车上也有人给他让了座，让完座那人就站在他身边。一路上随着车的颠簸那人打了好几个趔趄，我父亲看在眼里就觉得特别不好意思——本来这个座位是人家的，现在让给了他，他是舒服了，可人家就难受了。我父亲越这样想，越觉得坐在那里不自在，好几次都想站起来把座位还给人家，可又怕伤了人家自尊。后来我父亲说，那一路上他总觉得好像占了别人便宜又觉得对不住人家，心里忐忑不安。”接着，李洋正色道：“既然我把座位让给了他，就得让他心安理得地坐着，这既是对他人的尊重，也是在间接尊重自己。”

生活中，有些人经常为自己的惯性行为找理所当然的说辞，为自己偶尔的善举津津乐道，却不知，有些惯性行为需要用体谅来弥补才更加完美，而有些善举亦需要我们换个角度想想接受者的心情。只有设身处地多想想别人的感受和想法，你的一举一动才会传递着一种无声的美，彰显着高尚的人格和独特魅力。

选自《心理与健康》2014 年第 11 期

尊重一个人，就要站在别人的位置上考虑，尽量做到让别人舒服。如此，便是真正做到了尊重这一点。

第一百朵玫瑰

文 / 燕子南飞

我喜欢你，我自己知道就好。

——佚名

他立在深秋的暮色里，忽然感到内心无比悲凉。

他想起 50 年前他还是一个意气风发的青年，一转眼，却已霜染双鬓白雪盖头。他不知道，这时光是否也将他变得面目全非，一想起来就有些吓人。不过投眼过去，他看到浅水塘的风景依旧，不大的水面，秋水鳞波含情脉脉，湖边依旧是挤挤挨挨的堤柳。现在，因为秋风光顾，那些柳叶不胜寒凉，开始飘落，一些叶子还落入水中，成了蚂蚁的诺亚方舟。

就在昨晚，他接到当地电视台记者的电话，得知她终于答应与他相见，时间定在今天下午 4 时，地点选在小城公园里一个叫浅水塘的湖边。接到那个电话后，他坐立不安，激动得一夜未眠。

为了见她，一时兴起的他想把白发染成黑发，再到花店预订 99 朵玫瑰。他把这些鲁莽的想法给记者说了，想征求一下他的意见。记者听后没说好，也没说不好，只是不停地鼓励他，这让他信心倍增。

今天早晨天一亮他就出去了，下午的时候，他西装革履，手捧一束鲜花来到公园。时间尚早，趁她未到，他在公园里遛起弯儿。踩着当年走过的小路，摸着当年拂过的柳树，想一些往事。他想起几十年前，这里曾是他们的初识地。那时候他才 20 岁，正上大学，适逢暑假，闲得无聊，便随一个同学慕名到此小住几日四处游玩。

那天同学有事早早离开了，他便独自漫步湖边，恰好遇到了她。她着一身红裙，站在湖边一棵柳树下吹笛子，笛声哀婉，有几分寂寞与哀伤在里面。他循声而至，站在她身后，默默地听她吹奏，直至她回过头来吃惊地看他。

第一眼，他就仿佛听到爱情之花开放的声音，他对她一见钟情。很快，他们就互诉衷肠、坠入爱河。再后来，他离开了，仍然不断写信给她。

不久，一件家族事务把他卷入一场官司之中，家道败落，他莫名其妙地锒铛入狱 10 年。从监狱中出来后他觉得再也没有脸面见她，便下定决心永远不去打搅她的生活。这样一晃过去了很多年，直至近日，他感觉人生暮年，时光不多，才又念起了她。他从北方来到南方小城找她，还托了当地的电视台找寻。经过一番周折，他才得知她的一些消息，知道她安在，家庭幸福、儿孙满堂。

时光在煎熬中慢慢流逝，走累了，他手捧 99 朵玫瑰，望向公园门口，立在夕阳中翘首企盼，他还有几分当年玉树临风的样子。当然，他脑海里全是她当年顾盼生辉的青春丽影。他低头看了一下手表，时间就要到了。记者也把电话打来说，她要到了，他紧张得手心全是汗。

他就站在当年她吹笛子的柳树下等她出现。

突然，他听到公园门口一片喧闹，举目望过去，他看见一群穿红裙子的姑娘说说笑笑，向他这边走来。远远望去，像一团团流动的火焰向他扑来，他眼眶里瞬间满是泪水。

姑娘们来到他身边的时候，纷纷向他问好，他直愣愣地站在原地不知该如何是好。不过，他很快回过神来，开始在姑娘堆里寻找着那个心目中的她。可是人太多，把他的眼睛都看花了。再后来，每一个姑娘从他面前走过，他就送她一枝玫瑰。他看见那些得到玫瑰的姑娘，捧着玫瑰，激动得脸颊红扑扑的，悄无声息地从他面前离开，远去。

夜幕降临的时候，浅水塘终于安静下来，他独自站在风中，两手空荡荡的。他回味刚才的一幕，仿佛又一次回到年轻时光，内心失落且惆怅。

他知道，她定是不想见他——她不想破坏在他心中的美好形象。

回去的路上，他向电视台的记者打去电话，表示感谢。他说，见到她了，还是当年的样子，很满意。

回到宾馆后他开始整理衣物——他决定第二天就回去。这样的结果他已经心满意足了。

忙碌中，他忽然听到一阵急促的敲门声。走过去开门，一位穿着红色裙装的姑娘站在他面前。

姑娘手捧一枝玫瑰，来为他送别。

他觉得姑娘似曾相识，细细端详，那眉眼与神韵，像极了当年的那个她。一时间，他手捧玫瑰，幸福得呜呜哭了起来。

姑娘是代奶奶而来的，姑娘说，奶奶要送他一枝玫瑰并祝他一路平安。

第二天，他带着那枝满含情意的玫瑰，心满意足地回去了。

其实，他要找的那个人早已偏瘫在床多年，连脑子也糊涂得不认识人了。姑娘没说这些，记者也不愿告知他残酷生活的真相。

选自《考试报》2016 年第 9 期

每个温柔的秘密都是需要我们认真呵护的，就像是呵护一段美好的爱情一样。

露水和单车

文 /［美］索尼娅 · 奥利维尔　唐风　编译

爱的不是那个人，是那份纯真的感情；执着的不是那个人，是那份美好的回忆；过不去的不是情，而是我们。

——佚名

我一直都喜欢自行车，就如同喜欢一道美丽的风景一样。这也许是因为 20 多年前，一辆普通的自行车帮我找到真爱的缘故。

那时候我还是个经济系的大三学生，在学校宿舍里住了两年后，我和室友格蕾西在离学校几条街的地方租了一所漂亮的旧房子。合租这所房子的还有另外三个男生，我们五个人将一起住进这个新家。

我是在一个保守的家庭里长大的，在我谈男友和约会这些事上，我爸管得很严。我以前从没敢想过爸爸会允许他的女儿和三个男生同住一所房子，格蕾西告诉我爸，我们可以把那所房子分成两个套间，我们和男孩们有不同的进出大门和洗手间，他这才同意。

就这样，1993 年 1 月，我们找人在这所房子里打上了一道分隔墙，不久就住了进去，开始了我人生中最难忘的一段时光。

三个男生对我们很好，像哥哥一样。他们在图书馆里学习，和我们一起在后院里做烧烤，轮到给大家洗碗时也会抱怨。我们两个女孩会喝好多茶、吃好多烤面包，一直聊到深夜，聊天内容经常是以严肃话题开始，后来就漫无边际了。当然，我们会谈起所有女生都津津乐道的话题：男生。

和我们同租的有一个与众不同的男生，他叫约翰，文静，但是有责任心。所有人都喜欢他，不过我们对他却有些敬而远之，反正我就是这样想。约翰少言寡语，而我是个话多的女生，正因如此，我不是很清楚他脑子里想的是什么，同时又希望他对我的想法知道得少一些。他虽然内向，但是我从他的身上看到了一个男孩应该拥有的最宝贵的品质。

在一个寒气袭人的上午，我穿着件法兰绒睡衣，牙还没刷，站在晾衣绳下晒衣服。这时，约翰走过来，说要和我谈一件严肃的事情。那是我们俩第一次正式的交谈，约翰张口第一句话是“嫁给我”。我没想到他会突然说出这句话，一时哑口无言。我没有想嫁给他的念头，起码在那时候没有，但是我们确实交上了朋友。

我们的学习都很紧张，又住在同一所房子里，所以我们也是以特有的方式谈着恋爱。在约会前，我不会手忙脚乱地扎头发、化妆，也不怕穿着睡衣、牙也不刷就给他开门。时间太紧，我们没时间计较这些，两个人谁也不会装模作样。

相处了一段时间之后，我冷静下来思考着，觉得这段感情似乎应该结束。我们虽然处得不错，但好像只是在为了约会而约会，我不知道他是否能成为我的“另一半”。我对做这个决定还没有思想准备，所以就提出了和他分手。

他听到我的话后，回到他的屋里，沮丧得想一拳头打进衣橱门里（这是很多年后他告诉我的）。而我对此一无所知，虽然心里有些不安，可还是相信自己的决定是对的。我们像往常一样，和对方礼貌地同住在一所房子里。

几个月后的一个清晨，我比平时早醒了一会儿，听到窗户外面有声音。自行车是学生最喜欢用的交通工具，我们几个人的自行车平时都并排停放在离我窗户不远的地方。

烦人的是，自行车也同样是小偷的最爱，所以我一听到动静马上想，肯定是有人趁天还没亮在偷我们的自行车。我悄悄地掀开了窗帘的一角，向外面瞧着，却只看见约翰正拿着一块抹布在擦我的车座。

我问他在干什么，他回答：“给你擦自行车。”显然很尴尬。“擦它干吗？”我问。

“因为车子湿，早上有露水。”他回答。

“可我的车早上从来都没有露水。”我说，但他接下来的一句话让我的心瞬间融化，那句话比一千句信誓旦旦之词都更有分量。正是那句话让我相信，这个少言寡语的男孩就是我要找的“另一半”。他说：“我知道，因为我每天早上都会把它擦干。”

三年之后，我真的嫁给了约翰。我喜欢自行车，因为是自行车一次次地提醒我：真正的爱情是不求回报的给予。

选自《语文报》2014 年第 68 期

真正的爱是不求回报的，但凡牵扯到利益的爱，都不是真的。所以以此告诫那些单纯的女孩子，真爱是难求的，但并不代表没有。

那个曾经偷偷喜欢你的男生

文 / 郭紫雯

暗恋最伟大的行为，是成全，你不爱我，但是我成全你。真正的暗恋，是一生的事业，不因他远离你而放弃。没有这种情操，不要轻言暗恋。

——张小娴

一

2005 年 6 月 23 日下午 15 ：27 分，我终于决定跟你一起去湘西。

录取通知下来后，家人把我骂了个满头包。朋友们都说我疯了，用高出一本 30 分的成绩填报一个烂得不能再烂的二本院校。

我躲在网吧的包厢里，偷偷笑了好久。因为你在学校的贴吧里说，你终于考上了这所二本院校。接着，你在 2 楼发了寻友帖，打算在开学的时候找个伴一同前去。

我在昏暗的包厢里打下了我的地址、电话和姓名。可不到五秒钟，我又迅速用 back 键把它们恢复成空白。

对不起，我始终没有勇气留下自己的名字。我不想让你知道，我就是那个被众人骂得遍体鳞伤的高分低能儿。

任何人都无法理解我的行为。但是我知道，我之所以这样，不过是为了和你在一起。

2005年9月10日，我在体育馆的大厅里看到了你。报名的新生们像无头苍蝇一样乱撞，很快你便消失在了茫茫的人流里。

我不知道你在哪个系，不知道你住哪栋宿舍楼，甚至不知道你有没有男朋友。大学里的龙卷风恋情实在太多，我不敢担保，你是不是这其中的一个。

高年级的学长们成天窝在军训场，一个个像饿瘦的秃鹫。班上稍有些姿色的女生，几乎都收到了成堆的短信和情书。

这一刻，我多希望你是你们班上备受冷落的那一个。

二

军训汇报表演的时候，我再一次见到了你。

你站在人群的最前面，威武的正步踢得一点都不逊色于国庆阅兵场上的女兵。看台上有几个厚脸皮的男生朝你吹口哨，你连看都没看一眼。

我差点忘了，当初在中学的时候，你就是众多男生追捧的对象。你不像我，平凡得像消失的空气。尽管你的成绩差得一塌糊涂，可你从来都是佼佼者，你经历过许多万人瞩目的场面，因此，才会在此刻泰然得如同山岳一般。

毫无疑问，那次军训比赛，是你带领的新闻系赢了。我们系不过得了个安慰奖。

作为班长，我和你一同站在了领奖台上。摄影师挥着左手喊道，近些，对，再靠近一些。

就这样，我和你肩并肩地站在了喧闹的领奖台上。我能听到你均匀的呼吸，能感受到你臂膀传来的温度，甚至，能闻到你身上那股若有似无的兰花香。

我抱着最小的奖状，在人群里笑靥如花。同学们都说我的脑袋有问题，不觉得羞耻也就算了，竟然还有脸笑得比拿一等奖的你更灿烂。

第二次班委竞选，我落败了。投票结果刚出来，我就手舞足蹈地在教室里庆祝了一番。他们面面相觑，以为我疯了，被撤职都那么开心。

他们哪里知道，对于我来说，不是班长有多好。我再也不用组织那恼人的活动，再也不必顶着大中午的烈阳去参加学生会议了。最重要的是，从今天开始，我又有大把的时间可以去看你打球了。

三

第一次当晚会主持，你就火了。台下的所有男生都说，你是整个学校最漂亮的女主持。

听到这话，我应该高兴才对，可不知为何，竟无故忧伤起来。你从来都是这般惹人注目，可我呢？有谁在意过我的存在？又有谁知道，我是如此喜欢你？

显然，悲伤并没有结束。晚会中途，一个高大帅气的男生怀抱大束玫瑰朝你冲了上去。

台下一片哗然。我没料到，一向冷若冰霜的你，竟然当众接受了他的殷勤。有人说，他是你的男朋友，我信了，因为我对你是如此了解。按照你的性格来看，如果你不喜欢他，你肯定会在当时就让莽撞的他下不了台。

后来看到你们牵手，我并不觉得讶异，一切均在我的意料之中。

再后来，我报名参加了迎新篮球赛。生来只会读书的我，其实压根对篮球一窍不通。

我到处借 NBA 的光盘看，拼了命地训练。目的只是想从那沉默的淤泥中爬出身来，让你由此看到执著而又冷静的我。

四

比赛那天，你到底是来了。穿青底红花的苏式旗袍，梳缭如云雾的宫廷发髻，全场男生都惊呆了，你永远都是那么与众不同。

为了发挥最好的状态，我特意喝了三瓶冰冻红牛。

投篮，盖帽，再投篮，再盖帽，你喜欢的他，似乎跟我有着莫大的仇怨。只要我一抓到球，他就舍了命地盯着我。

他真像一条甩也甩不掉的水蛭。

你的目光从来都没有离开过他的身影，除了你之外，还有很多陌生的女孩为他尖叫。

我怒了，那燃烧的愤怒，似乎要把我整个人都吞噬掉。抱着篮球，我成了独来独往的艾弗森。不论遇到什么情况，我都再也不会把球传给任何人。

队友们喊我，骂我，呸我，我都不理。我的要求多么简单，我只想进一个球，只想在他的面前赢一次，只想让你的视线在我身上停留一秒。

试问，哪个男生不想在自己喜欢的女孩面前表现出最强的一面？

可惜，事实已经证明，这个方法根本不管用。

五

2007 年 12 月，我在漫天卷地的雪花中看到他和另外一个女生牵手了。

我忽然跑起来，想把这个消息告诉你，可我怎么告诉你呢？我连你住在哪个寝室都不知道，我怎么告诉你？

再后来，就听到了你和他分手的消息。

那些日子，我天天坐在篮球场上等你。我多希望你会知道，不管怎样，这世界上都会有一个男生死心塌地护着你。

五天后，你终于来了。脸上虽然挂着一如昨日的笑容，可眼睛却肿得像个熟透的桃子。

生活有的时候真是一部戏剧，没想到你们俩竟会在宽阔的球场上狭路相逢。更要命的是，你看到他的时候，他正和那位大眼女生同吸一杯柠檬水。

你手中的网球拍像枚炸弹一样飞了出去，那女生猝不及防，被坚实的球把打得喊天哭地。

他一个箭步冲了过来，愤怒的指头像要戳进你的眉宇里。你刚伸出手准备扇他，就被训练有素的他抓了个正着。

人群忽然安静了下来，你像患了失心疯一样，对他又打又闹。

大眼女生看到你们拉拉扯扯的样子，刚起身准备走，他就将你一把甩开了。你眼泪汪汪地跌坐在地，伤心得不知如何是好。

那一秒，我估计我是疯了。二话没说，竟对着他匆匆而去的后背飞起一脚，连我都觉得自己帅呆了。就算是甄子丹本人来踢，也不过帅至如此吧？

事情真是出人意料。摔倒后的他，既没有瞬间昏倒，也没有痛苦呻吟。而是爬将起来，挥着偌大的拳头，朝我一顿暴打。

真他娘的无语，看来电影里的武打情节一点也不可靠。

六

躺在医务室的病床上，连你都对我觉得莫名其妙。

哥们儿，就算你是梁山来的，爱打抱不平，那也得靠点谱吧？你这拔刀相助，反让我倒贴了三百多块钱。

你的幽默，让我顷刻忘了浑身疼痛。

我再一次与你靠得这般相近，我要说点什么呢？我忘了。满肚子的话，真不知从何说起。

傍晚，你送饭过来时，我正给家人打电话。你听了我的方言后，欣喜若狂地说，哇，你是不是大理的？是不是大理的？

我点点头，哇！哇！我们是老乡啊！

你哪个学校毕业的？你问我。

犹豫片刻之后，我把学校名称告诉了你。你一脸疑惑地看着我，不可能吧？我也是那所中学毕业的，我怎么没见过你？你哪个班的？

我把我的名字告诉了你。

你不会是那个用重点分数报二本院校的高人吧？你说这句话的时候，嘴角歪得像个茄子。

真不明白，考那么好的分数，竟然报这种学校。李先生，请问您当时是怎么想的？我作为您的校友，得好好采访采访您。

你把小手捏成麦克风的模样，递到我的嘴边。

我多不争气，竟在这一刻用眼泪代替了回答。

再后来，你交了新男朋友。而对于你当天的问题，我还是没有给出真正的答案。连这份若有似无的友谊都来得如此千辛万苦，我还敢奢求什么呢？

虽然你从来都没有注意过我，可我还是打心眼里感激你。因为你的出现，我才有了那么多丰富斑斓的青春记忆。我真的毫无抱怨，毫无情绪。

因为我早已知道，暗恋本身就是一次不求回报的牺牲。

选自《新青年》2011 年第 11 期

每每看到暗恋，我总是会有恻隐之心，最多的问题是，为什么不能再用力一点表达爱呢？为什么不说开呢？没准说开就在一起了呢。可是，青春就是这样的残酷，这也正是青春最美的地方，美得让心疼。

亲爱的牛顿先生

文 / 阮小青

看见了，世界美好，霞光万丈；

看不见，地暗天昏，人生迷失。

——佚名

伟大与渺小

第一节物理课，歪鼻子老头毅然不顾众怒，拖堂整整五分钟。兴许是年纪大了，一个牛顿的力学定义，他翻来覆去讲了十几次。

原本以为可以躲开他的魔掌，岂料数学老师临时有事，把第二节课竟换给了歪鼻子老头。我差点没哭出来，我跟前排的苏小沫说，小沫小沫，快给他一口唾沫。

苏小沫回过头来，语重心长地跟我说，孩子，平日说你是土八路，你还不乐意，看吧，没素质没文化没修养的一面终于在你不经意间表露出来了。牛顿何许人也？那么伟大的力学理论你都不愿听？

歪鼻子老头又把上节课的理论重复了十几遍，我拍拍苏小沫的肩膀，欲哭无泪，聪明的小沫同学，你说牛顿的脑袋是不是被苹果砸晕了？要不，他怎么有事没事就搞些理论出来折磨我们？

苏小沫的一句话，让我胸口堵了半天：同志，这就是渺小与伟大的区别。牛顿被苹果砸到了头，他会想，苹果为什么会下落，由此推出万有引力。如果是你的话，一只苹果掉下来砸到你，你肯定只有一种反应，那就是，奶奶的，敢砸我？看我不把你的兄弟姐妹全吃光！

迫于无奈，为了打发时间，我只好硬着头皮向苏小沫借了卷卫生纸。只要歪鼻子老头一转身，我就立刻把事先准备好的尺子和浸满矿泉水的纸团取出来，啪啪几下，把它们全都送上教室的天花板。

歪鼻子老头到处找声源之地。后排的男生笑晕了，一个劲儿怂恿我，来个大点儿的，来个大点儿的。

不负重望，几分钟后，我的巨型原子弹终于研制成功。就在歪鼻子老头弯腰捡粉笔的一瞬间，我将这枚原子弹投向了惨白的天花板。

我扯了扯苏小沫的头发，哎，伟大的小沫同学，你不是很喜欢力学吗？那你就给渺小的我解释解释，为什么上面的这些原子弹不掉下来呢？

苏小沫一脸迷惑地瞅着我，旋即缓缓抬头。真要命！就在这电光火石的一秒间，那颗刚被发射上去的特大号的原子弹竟然从空而落。不偏不倚，恰好砸在喜怒无常的苏小沫脸上。

弥天大祸

苏小沫杀猪般的尖叫，把歪鼻子老头吓得纵身半空。

我敢说，我绝对是世界上第一个享有此种待遇的男生。歪鼻子老头暴跳如雷地把我拖到小卖部，搜光我身上所有的零花钱，全都用来买卷纸。

他气急败坏地说，我不告诉你们班主任，也不通知你的家长，但是，你必须做完你应该做的事。你不是很喜欢研究力学吗？那么，你就用自己的实验经费购买卷纸和矿泉水，然后用尺子把纸团全部射上天花板！记住，你的纸团一定要铺满天花板，不然，我一定会要你好看！

我向苏小沫借了一大笔实验经费，目的，只是为了用纸团把教室的天花板铺满。歪鼻子老头果然阴险毒辣，他怕我请外援，竟找苏小沫来当监工。

达·芬奇是画鸡蛋，我是弹纸团。但好歹，达·芬奇没有像我一样，最终弄到双手抽风吧?

第三天，我的任务完成了，我以为，一切将会结束。谁知，歪鼻子老头又把我叫到了办公室。他说，一个血气方刚的少年，应该懂得为自己的行为负责。因此，从今天开始，只要天花板上的纸团掉下一坨，你就得做十个俯卧撑。

人在屋檐下，不得不低头。要是老头一个不高兴，把我爸妈叫来的话，我死得会更惨。

从此，每天的物理课我都上得心惊胆战。我真怕，那些逐日丧失水分的原子弹，会在某个阳光炽烈的午后，噼里啪啦地全掉下来。

周四物理课，刚打下课铃，天花板上的原子弹就如同瓢泼大雨一般降了下来。一数，不得了，两千多个俯卧撑。

半小时后，我像只大蛤蟆一样趴在地上，一动不动。苏小沫端着牛奶，走到我面前，幸灾乐祸地说，蛤蟆蛤蟆跳悬崖，硬装蝙蝠侠。

神童苏小沫

苏小沫绝对是个语言天才。她除了能四处绘声绘色地描述我当蝙蝠侠的经过，还能把英文普及到全国人民都听得懂。

就拿我欠钱不还这件事来说，苏小沫就给了我一大串自制英文。Bus，yes，girls，miss，school。如果，你把这串英文翻译成公车、对的、女孩、小姐、学校，那你就错了。按照苏式理论来说，这串英文，应该翻译成爸死，爷死，哥死，妹死，死光。

我说，苏小沫，咱就不能和平解决问题？现在贫富差距可是社会的主要矛盾，你那些钱，不就是在为解决当前矛盾做贡献吗？你应该感到光荣才对啊！再说了，我也是逼不得已。这样吧，为了对你有所补偿，我可以考虑，我俩签订一个不平等条约。

三个时辰之后，苏小沫硬逼着我签订了人生的第一个不平等条约——《苏李条约》。

其中一条，尤为过分，明摆着要我成为一个整天撒谎的坏人。苏小沫在条约中赫然写道，不论何时何地，李方都必须对苏方心存敬意，时时赞美。

譬如，苏小沫上课抢答，受到老师表扬，我就得款款深情地在背后接着跟风，哇，苏小沫，你真厉害！简直是神童！

苏小沫得意地笑了，她果然是个傻里傻气的神经病儿童。

有点喜欢你

赞美的话说得多了，有的时候会在心里产生一种极不正常的反射。以前，觉得苏小沫的眼睛太小，现在认为刚好；以前觉得苏小沫的嘴巴太大，现在却嫌它小如樱桃；以前觉得苏小沫的头发太长，现在竟宣扬那是青春的味道……

我被苏小沫弄得有点头昏脑涨。很多时候，她像无处不在的空气，充斥着我的大脑。有人说，这是暗恋的明显表现。

期末考试，苏小沫的物理成绩全班第一，有人给她取了个绰号，叫长发伽利略。

我说，伽利略同学，如果不嫌弃的话，咱们明天到冰果屋小聚一餐如何？苏小沫笑了，明亮的眼睛如同深秋里的晨阳。

当苏小沫穿着大红连衣裙向我款款走来时，似乎整个世界都在跟着她的脚步微微震颤。

吃饭的时候，苏小沫一直凝视着我。她的眼睛，像一柄被烧得通红的利剑，使我坐立不安。我以为，她有点喜欢我，岂料，她竟讪笑着说，哈哈，看来书上说得不错，冷读术的确有些厉害！

我闭上眼睛，深吸大口柠檬汁，浑浑噩噩地跟苏小沫说了一句，其实，

我有点喜欢你。

苏小沫空前绝后的回答，使我哀伤不已。她挤眉弄眼地说，哇，你和我真有默契，其实，我也喜欢我自己。

变窄的心

我和苏小沫陷入了一种彼此无法解开的僵局。虽然，她幽默地拒绝了我的表白，但却无法拒绝我喜欢她的心。

苏小沫开始和前排男生打得火热。记得她曾说过，前排男生是个如假包换的娘娘腔，柠檬头，大瞎眼，豆腐脸，和他说一句话都能恶心三个月。但现在，她把这些忘得一干二净。

体育课上，肌肉男安排全班同学玩接力赛，我和前排娘娘腔分在一组。苏小沫为了给他加油，差点没把嗓子喊哑。

娘娘腔晃着额前那两缕头发气喘吁吁地朝我迎面奔来，我刚伸手准备接棒，娘娘腔就一脚踩在了我的大脚趾上。

我怒不可遏地挥出拳头，二话不说，冲着他的豆腐脸就是两个致命的组合拳，鲜血顺着他的鼻孔哗哗地往外涌。

苏小沫像疯了一样，一个箭步飞身过来，朝我的胸口就是狠狠两拳。她面目狰狞地说，没想到你竟是这么个心胸狭窄的小人！

我笑了，拖着受伤的右脚，在球场上狂跑。微凉的风，转瞬便吹干了我流出的泪。

苏小沫，你知道的，我以前根本不是这样的人。我从不和人争斗，也不和任何人比赛，甚至，善良谦和到使人觉得懦弱。

我的心，之所以变得这么窄，完全是因为住了一个你。

改变自己

苏小沫说，娘娘腔不管怎么样，也算是个成绩优异的好学份子，和他在一起，好歹能学点东西。你呢？你会什么？除了那些恼人的恶作剧，除了年年的倒数，你还能做什么？

我真没想到，苏小沫，在你心里，我会是这般一文不值。

暑假，我破天荒地参加了高考集训。我把高一至高三的课本，当成武侠小说，翻来覆去地读，我从来没有这么认真过。家里人都以为我心理出了问题，接二连三地找我谈话。

我没有任何目的，也没有任何梦想，我一头栽进书的海洋里，煮字疗伤。没人知道，我之所以这样，不过是为了在有限的时间里向苏小沫证明，其实，我也可以很优秀。

娘娘腔依旧在我的耳畔唠叨着关于苏小沫的故事。我来不及发火，来不及抬头，来不及审视苏小沫当时的表情。我能做的，只是安静地演练集训班发来的习题。

亲爱的牛顿先生

大红榜单下来那天，很多人都哭了，唯独我，充满了复仇的快慰。我和苏小沫考进了同一所大学。而娘娘腔，终因临场发挥失意，沦落进三流院校的行列。

苏小沫一直没有联系我。

九月，我背着厚重的行囊赶往南京。在这座炎热的城市里，苏小沫像一颗被蒸发的水滴，再也没有出现。

迎新晚会那天，室友硬拖着我去了。穿过晨读林的时候，我忽然看到了苏小沫。她穿着浅蓝色的运动衫，远远地站在路灯下。为了避开她，我绕走小路，从她脚下的百花道穿行。

哎，傻瓜，你中计啦！你到底还是被我骗到南京来了，哈哈！咱们的《苏李条约》还没到期呢！苏小沫站在昏黄的暖光中，得意洋洋地看着我。

直到这一刻，我才恍然大悟，她的良苦用心，使我有些感动。

喂，我要跳了啊，接住我！苏小沫晃着双臂，一副跃跃欲试的样子。

呵，亲爱的牛顿先生，如果可以，请你用力学公式帮我算算，我此时的臂力，到底能不能承受这位伽利略先生的纵身一跃？

选自《意林》2011年第2期

有些爱是无声的，但却一直处心积虑，这么做无非就是希望最后可以跟你在一起。

别在父母面前说老

文 / 积雪草

世界上有一种最美丽的声音，那便是母亲的呼唤。

——但丁

父亲一连打了好几次电话给我，问我这个周末有没有时间回家，说是有大事要商量。我一听有大事，那还了得？赶紧放下手中的事情回家，有什么事情能比父母的事情更重要？

回到家里才知道父亲的所谓大事，就是家中的热水器坏了，要买一个新的，所以想和我们商量买什么牌子的好。

换一个热水器居然成了父亲心目中的大事，我忽然觉得有一丝悲凉，从什么时候开始，父亲开始找我们商量事情了呢？家中有大事小情，父亲会总会叫上我们姐弟，大到买家用电器，人情往来；小到过年过节，需要买什么东西，准备什么食物，总要把我们姐弟一起电召回来，一起商量一下，再做定夺。

以前的父亲不是这样的，以前家中的大小事情都是父亲拍板做主，无论是从小城市往大城市迁徙，无论是调动工作，还是婚嫁这样的大事，都是父亲一手操办，什么时候跟我们商量过？

记得有一年，父亲去上海出差，回来时给我买了一件外套，价钱不菲，他怎么就不怕已经参加工作了的我不喜欢呢？他怎么就不怕大小不合适呢？父亲自作主张买了那件衣服，估计搁现在，他是无论如何也做不出那

样的事情了。

那时候的父亲，意气风发，生杀决断，治家如烹小鲜，手到擒来，根本不在话下，哪里会瞻前顾后，左右观望？而现在，父亲什么事情都要依赖我们姐弟，就连买热水器这样的事情，也要把我们都叫回家，讨论一下。这件事情外延出来的结果让我得出一个结论，那就是，父母都老了。

时光真是一个神奇的杀手，杀掉了父母的大好年华，同时也杀掉了我们的青春岁月，父母在变老，而我们也不能例外。

心情不好的时候，消极沉沦的时候，总爱挂在嘴上的两个字就是“老了”。头发里发现一根白发，会对着镜子拔掉，一边拔一边说，真的老了。母亲笑，你说老？我还没说老呢！

是的，母亲的头发已经白了大半，母亲不言老，我为什么要轻易言老？为人儿女，无论多大年龄，在父母跟前，都没有资格言老。

父母的年龄大了，儿女就是他们的主心骨，是他们的生活重心，是他们精神上的支撑，儿女若言老，将置父母于何地？

小区里有一个女人，50多岁的样子，天天早晨穿大红的运动服，在小区里打太极拳，跑步，做操，旺盛的生命力感染了很多人，远远地看着，比年轻人还有活力。

平常，她喜欢穿长靴，八分裤，围长丝巾，看上去比实际年龄年轻很多，别人都说她“装嫩”。她也不恼，说，本来我就不老，还用得着装嫩？至少我的心理年龄比你们都年轻，不信咱们比一比？

大家都笑，说她像“老顽童”。其实，她说得也有道理，年不年轻，心理因素也很重要，心不老，人就不老，这是很重要的心理暗示。

过了一段时间，看见她推着老母亲在小区的法桐树下散步，长长的丝巾在她的胸前飘啊飘的，老人满头白发，面容慈祥，两个人有一搭没一搭地说着话。间或她会停下来，俯下身去听老母亲说着什么，斯时斯刻，真的很美，像一幅画一样，像明信片上的风景一样美。温馨时刻，天伦之乐莫过于此吧！

我忽然就明白了她不老的原因，因为她不敢老，母亲还在，她就是一个孩子。她若老了，母亲的精神支撑就倒了，为了母亲，她要永不老，她要一直年轻。

这世间，每一个孩子都是父母的宝贝，可以在父母面前撒娇任性说点孩子气的话，但却没有资格在父母面前说老，永远没有。因为任他是谁，无论如何都老不过父母。

父母在，不敢老。

选自《黄河 黄土 黄种人》2014 年第 10 期

当我们总说老了的时候，是我们忘记了父母。当我们在父母面前调侃自己老了，父母笑着说你看看我，我还没说老呢，是因为在父母心里，我们永远是长不大的孩子。

Part

第六辑

06

时光没有告诉我

我从没想过，有一天，我会如此安静地坐在成都的锦里，用回忆的笔触描摹你那些浓墨重彩的过去。那时，你是位梳着马尾的纯情少女。十八九岁的模样，刚读大一，具体是哪个专业，我忘了。时光回到当年，还记得你跑上演出台抢话筒的顷刻，我脑袋彻底空白了。虽然我歌唱得不错，会写几段破小说，可真碰上紧急情况，通常没什么作用……

母爱绘本让思念“走心”

文 / 雷碧玉

一位好母亲抵得上一百个教师。

——乔治·赫伯特

自从女儿吉吉离开自贡到成都读书后，周艳的心就跟着一起去了。每天下班后的第一件事就是等着女儿的电话，听她汇报在学校的开心事。但是孩子有作业，不能整晚陪着聊，常常是挂上电话，周艳还拿着话筒独自回味。每到周末，周艳更是早早守在电脑前，等着和女儿视频，以解思念之苦。

一天，周艳在整理吉吉的小书橱时，发现里面是一本本从吉吉 1 岁开始自己买给她的各类图书绘本。从《好饿的小蛇》《我们一起来刷牙》再到《跳跳和他的妹妹》《圆的世界》《最棒的便便》……

静静的翻阅中，吉吉牙牙学语到学讲故事的画面清晰地在周艳眼前闪现，此刻周艳无法用语言描述内心充盈着的是一种怎样的幸福感。她在心底轻轻地呼唤，宝贝，这个世界因为有了你而多了一抹亮丽的色彩。

突然，书中掉下了一张纸，周艳捡起一看，顿时嘴角上扬。那是 3 岁时，吉吉涂抹的一张画《我的妈妈》。画中的妈妈披着长长的头发，穿着大花的衣衫，吉吉说这样的妈妈最美。

小时候，吉吉喜欢跳舞和画画。每次听完周艳讲的故事，她都会想象着画出故事中简易的画面。树爷爷、青蛙大婶、小猫咪、大笨鹅……虽是简单的几笔，却看出了孩子的用心。

就在此时，一个大胆的想法在周艳的脑海里闪过，何不将自己对女儿的思念和爱用手绘信的方式表达出来，寄给女儿。这样不仅可以让孩子感受到远在他乡的母亲对自己的思念，虽然相隔千山万水，但母亲时时在身边相伴；也能让自己在绘画的时光中化解对女儿的万般思念。

周艳想到目前吉吉还不认识太多字，只有绘画是最能让她理解的方式了。本身就有绘画底子，字也写得漂亮，所以这简单的绘本对周艳来说也不算难事。很快，她买来纸和笔，开始认认真真、工工整整地绘图写字，将自己对女儿的爱融入色彩斑斓的世界中。

几天后，班主任交给吉吉一封信。吉吉很纳闷：我认字不多，谁会给我写信呢？小心翼翼地剪开信封，拿出信一看，吉吉顿时欢呼雀跃。整页信纸是一张卡通画，画面上是一个可爱的小女孩，暖暖的棉袄，厚厚的大红围巾，漂亮的毛线帽，戴着厚手套的小手调皮地插在口袋里，帅气又美丽。画上还配有漂亮的文字，一字一句，读起来是那么的暖心暖怀。

“亲爱的幺儿，天气寒冷，我的幺儿有没有穿暖呢？妈妈自作主张给你戴上帽子，穿上羽绒服，让我的幺儿变成一个温暖的小棉球。这样就没有冷风可以伤到你……永远爱你的妈妈。”

想到吉吉有很多字没学过，细心的周艳还在新词的“头顶”上认认真真地标上注音。收到妈妈与众不同的来信，感受着远方母亲的温情，吉吉的心里暖暖的全是爱。

晚上，吉吉迫不及待地给妈妈打电话，叽叽喳喳，开心的话语说也说不完。周艳微笑着听着，内心满是欣慰，更为自己的做法点了一百个赞。

从那以后，周艳更是用心地在画上下功夫，用爱心勾勒出一幅幅充满温情的漫画，爱的绘本就这样源源不断地寄给了远方的女儿。绘本的内容更是包罗万象，从鼓励学习到多交朋友甚至多喝水等生活细节。

“幺儿，最近你参加舞蹈比赛准备得很辛苦，也获得了好成绩。妈妈虽

然没有陪在你身边，但一样感觉到了你的努力和收获的快乐。”

“我们家最近有喜事了，童童小猫咪要升级当爸爸了……”

“幺儿在学校里要多交朋友，要多帮助其他同学，要学会分享，感受分享的快乐。妈妈希望你自立，希望你的世界永远快乐。”

到目前为止，周艳已经绘制了50多封图文并茂的书信，把思念和爱带到吉吉的手里和心里。

母爱绘本让思念“走心”。在如今微信短信满天飞的年代，那些车马慢、书信远的日子已经成了“古董”，而有这样一位平凡的母亲用一种有温度的方式，拉近了身在外地孩子的距离，表达了自己最平凡的母爱。一封封“走心”的绘本，绘出了母亲浓浓的思念，深深的爱。

选自《语文周报》2016年第14期

在这个网络时代，我们已经没有了静下心来给父母写上一份寄托思念的信的心思了，甚至连短信都懒得发了。我们觉得那些已经过时了，但在母亲的眼里这种以写信表达爱的方式却永远不会过时。

宿店

文 / 师陀

人生是伟大的宝藏，我晓得从这个宝藏里选取最珍贵的珠宝。

——伯克

客人投进店里，已是迟暮。

说是店，其实只是沿路而筑的一间小小的石屋。屋后便是岭，石隙里蓬蓬勃勃生长着荆棘和野草，左边植着三五株不知名的树木，挺拔的树干高高插入夜空。树下有一座羊舍，用红石片砌的，倒也整齐。越过路，正临着门的是那溪涧，至此水势好像大了些，只听见汩汩的响。

店家叼了烟袋，立在路旁，迎候着客人。路上好运气啊！这样招呼着，他堆起笑脸，并没有什么手势。

店家是一个六十余岁的老人，五短身材，倒有一副粗大的骨架，走路时两脚分开，鸭子似的，足见当年挑过重担，出过大的力气。那装束，使见了的人也分不出是他像熊，或者是熊像他，总觉得可笑。

"好了啊。"牧羊女在灶下招呼了一声。老人蹒跚地走了进去，不久就端出半钵热汤，打发客人洗脚。自己也在旁边坐下，一面吩咐那姑娘烧饭，又慢慢装上烟袋。小狗卧在老人脚边，呼呼地打着鼾，不知从何处来的雄鸡，在路上拍着翅，咳嗽着昂然踱了进来。

天色渐渐黑下来了，星星在窥着人间。悄寂的夜，沉沉地覆盖着群山，

对面那岭在朦胧中露出它的尖顶，矮树同荆棘时时发出呓语般声音。那在暗中发光的路，则寂然伸向远处，是纵然贪路的客人也已落店的时分。只有溪涧里的水潺潺流着，一点也不显出疲倦。

灶下熊熊的火光在门外的路上、在对岸的崖上跳跃着，老人忽然从沉默中抬起头来，手插进毡笠下面搔着头，大声嚷道："要把锅烧红了啊！""知道了！"那女孩愤愤地这样应着，虽然看见火光已经低微下去，老人仍旧咕噜着说："知道了，不要把自己也塞进灶里去才好呢！"

却说那客人将脚浸在钵里，痒痒的正要入睡，吵嚷声忽然把他惊醒，这就想起那牧羊女。他打着哈欠，问是店家的什么人，说是倘不遇见那位大姐，保不定要在溪谷里过夜了。

老人听了这话也不作声，一面磕着烟袋，径自去招呼灶下的姑娘。喂，喂，丫头，这客官说是你的熟人哩。熟人便怎样？一个鼻子加两只耳朵！呵，你看这嘴！老人笑着说。你要知道，哥哥不回来，须怪不得爷爷啊。

现在我们不妨假想，这家人原来也许并不这样冷清，只因别的人都先后死去，所以剩下了祖父、哥哥、妹妹三口，却是仍旧清苦地活着。或者是下山去置办东西时曾答应给她买头巾的哥哥还没有回来，或者是她洗手的时候把戒指落到溪里了，或者是昨天夜里黄鼠狼拖去了她养的小鸡，因此发起脾气来了。

这时那小狗跳到路旁，汪汪狂吠。老人站起来，咳嗽着沿了溪涧走去，过了一刻，又慢慢地转回。那女孩直迎了出来，急切地问道："爷爷，回来了吗？"老人眨着眼，打趣说："爷爷是回来了，哥哥可没有。"

他说，一生也不回来，连爷爷也不要了，丫头太淘气！这样打着哈哈，惹得那狗似乎也笑起来，左跳右跳只想和他亲嘴。几乎一直都沉默着的那个客人，这时已经洗完脚，在懒散地吸着烟。

在群山上面，密布着和蔼而渊深的夜，游过淡描的云，溪涧则在荒寂中发出含糊的呓语。就在这与世隔绝的山谷里，这终年喃喃的溪边，人们上山打柴或牧羊，一年一年地活着，在石头上生根。

当吃过饭之后，在挂在墙上的灯下，客人坐在炕上，凭着几案，问起店主人的家境。店主人则慨叹一声，慢吞吞向客人诉苦道：山货贱，洋货贵，卖点山货也得上税，祖孙三口快活不下去了。至于客人，我们权且把他当作调查民间的调查家吧。

最后，我们要讲那牧羊女了，她检查过羊舍，正独自立在路上。月亮忽然从远远的溪涧的彼端升起，树木的影，小屋的影，倒印在崖上、路上、闪闪发光的水上。她遥望着隐入月色中的小径，在那通着无数山岭的小径，默默地站了许久，然后失望地叹了一声气，懒懒地走进小屋。

"你讲什么呀，爷爷？山魈！"这样说了之后，三个人便都睡了，老人还咕噜着："明天哥哥会回来的，我派老苍龙把他抓回来。"

不久，就只剩下浓浓的鼾声。

选自《考试报》2014年第33期

有的幸福会荒芜，有的幸福始终温暖。一切的一切，都在告诉你尘世间的变幻无常与不可把握。

母亲的勇气

文 / 一路开花

妈妈在哪儿，哪儿就是最快乐的地方。

——英国谚语

2006年12月14日，深夜11点24分，在美国洛杉矶国际机场，一位头发花白的东方女人引起了所有乘客的注意。

她挎着黑色的背包，背包上贴有一张用透明胶带层层缠绕的醒目的A4纸，上面用中文写着“徐莺瑞”三个字。

这些从萨尔瓦多飞到洛杉矶的乘客，几乎都是拉丁美洲人，他们根本不懂中文。这位衣着朴素的东方女人在等待了许久后，终于开始在人群中用蹩脚的普通话挨个询问：“请问你会说中文吗？请问你会说中文吗？”

临近午夜12点，她终于找到了救星。一位黑头发的男人驻足她的身前，低头端详她手里的纸条：“我要在洛杉矶出境，有朋友在外接我。”

其实，在这张揉得皱烂的纸条上，还有另外两行中文，每行中文下面都用荧光笔打了横线，方便阅读。

第一行中文：“我要到哥斯达黎加看女儿，请问是在这里转机吗？”下面，是两行稍微细小的文字，分别是英语和西班牙语。

第二行中文：“我要去领行李，能不能带我去？谢谢！”接着，同样又是英文和西班牙语的翻译。

原来，她的女儿在十年前随女婿移民到了哥斯达黎加，如今刚生完第二胎，身子虚弱至极。女人思女心切，硬要从台湾过来看她，帮她坐月子。

女儿执拗不过，便在越洋信件中夹带了一堆纸条。

如今，她已帮女儿坐完月子，原本女儿要陪她到洛杉矶机场，结果却因买不到机票而作罢。女儿为了让她有安身之处，特意请求远在洛杉矶的朋友帮忙。为了方便相认，女人便在背包上缠裹了醒目的 A4 纸。

很多人都以为，这不过是一个简单的行程。可深知航班内情的那位黑发男人，却不禁被这简单的描述感动得热泪涟涟。

从台南出发，要如何才能到达哥斯达黎加呢？

首先得从台南飞至桃园机场，接着搭乘足足十二小时的班机，从台北飞往美国。再次，从美国飞五个多小时到达中美洲的转运中心——萨尔瓦多，然后才能从萨尔瓦多乘机飞至目的地，哥斯达黎加。

她曾在拥挤的异国人群中狂奔摔倒，曾在午夜机场冰冷的座椅上蜷缩入睡，也曾在恍惚的人流中举着救命的纸条卑躬屈膝……这一切的一切，不过只是想亲眼看看自己的女儿。

这是一位真实而又平凡的中国母亲，她来自台湾，名叫蔡莺妹，67 岁。生平第一次出国，不会说英文，不会说西班牙语。为了自己的女儿，独自一人飞行整整三天，从台南到哥斯达黎加，无惧这三万六千公里的艰难险阻与关山重重。

她让我们看到了一位母亲因爱而萌发的勇气，这种匿藏在母性情怀中的勇气，从始至终都不会因距离和时间而改变心中的方向。

选自《私人坊》2011 年第 4 期

记忆里的母亲总是那么孱弱，身体不好，胃口不好，睡眠也不好。每想起一次就心疼一次，那个固执的女人，总是在爱我们的时候拼尽全力！

那时青春，不懂爱

文 / 李兴海

假如不会和你相遇，我会不会是另外一种人生。不管有没有结果，我还是宁愿和你相逢。

——张小娴

风风火火的故事开头

我从没想过，有一天，我会如此安静地坐在成都的锦里，用回忆的笔触描摹你那些浓墨重彩的过去。

那时，你是位梳着马尾的纯情少女。十八九岁的模样，刚读大一，具体是哪个专业，我忘了。

时光回到当年，还记得你跑上演出台抢话筒的顷刻，我脑袋彻底空白了。虽然我歌唱得不错，会写几段破小说，可真碰上紧急情况，通常没什么作用。

我最好的哥们儿，是乐队里的贝斯手，很强壮，也很急躁。你的莫名举动显然惹恼了他。他扔下贝斯，提着骨瘦如柴的你，像摔小鸡一样把你摔了下去。

贝斯砸在地上，发出嗡嗡巨响。

惜花之人不少，加之你长得不算难看，因此，台下很多单身男孩都抢着问你伤到没有。

这很像小说里的情节，很多泡沫剧的爱情缘由，不都是这么风风火火地开始吗？按理推断，你应该会和众多殷勤男孩中的一位发生不同寻常的故事。

可我错了，我忘了，我本身也是这场闹剧里的角色。

我刚准备下台替贝斯手向你道歉，你就呜呜地哭开了。

台上的灯光五颜六色，像水彩一样倾泻到你的脸上，给人一种滑稽的温暖。

贝斯手爱上了你

你经常来看我的演出。

再后来，你和贝斯手混熟了，经常吵着嚷着让他给你煮糖水鸡蛋。

你说你那时险些被他送掉小命，如果以后嫁不出去，他必须得负全责。

你真是个鬼丫头。你不知道，因为你的这句话，我最好的兄弟，把你深深地种进了心底。

自从你出现之后，他如同变了一人。黑乎乎的他开始穿平整的白色衬衫，梳规矩的学生头，唱温情的红尘恋曲。

然而这些，都不过是因为你偶尔的玩笑话。

他从前特别迷恋黑金属，弹贝斯的时候，疯狂得像只老虎。后来一次狂欢，你在昏昏沉沉的小酒吧里醉言醉语，说你只钟情年过半百的张学友。

你真的没发现吗？后来，只要你来看我们排练，他就会抢走我的话筒，吊儿郎当地唱几句张学友的老歌。

可惜，你这丫头多不识趣，老是没心没肺地打击他。说他高音像钢丝床，低音像牛蛙，说就说吧，可你非得把我也提出来搅两下。

其实，你说什么他都无所谓，他会默默地包容你的一切坏脾气和小性子。可你却说他唱歌不如我好听，那他自然不乐意了。

试问，哪个男孩不想在自己心上人面前表现出最强的一面？

你的爱意，我假装看不到

中秋节的摇滚演出，我谎称嗓子发炎，让他做了乐队的主唱。

你始终没来看他唱歌，尽管我在后台悄悄给你发了很多言辞诚恳的短信。

后来，你告诉我，很久之前，你跑上台抢话筒，其实不是喝醉，只是为了告诉我，你真的真的很喜欢我。你看我的每一场演出，听我的每一首歌，为我尖叫，为我流泪。

我突然不知该如何作答，我的乐天因子，在这个时候泛滥而来。也只有这样无厘头的答复，才能解开此刻的僵局。

“哈哈，臭丫头，你演得真好，差一点你就赢了。可惜，大爷我火眼金睛，哪有那么容易上当？努力啊，继续努力！”说完这段话，我赶紧按下了结束键。

台下站满了乌压压的人群，挂断电话之后，我弹错了四次音。对于一个优秀的吉他手兼主唱来说，这简直是奇耻大辱。

当夜，我就被乐队的所有成员臭骂了一顿。要知道，以前，我可从来没有犯过诸如此类的低级错误。

我一个人坐在校门口的大排档里喝闷酒。你气喘吁吁地跑来找我，可见此阵势，不知该说什么，只好默默地陪着我喝一杯又一杯。

鬼丫头，没喝几杯，你就吐了。看你平时大大咧咧，咋咋呼呼，跟我们称兄道弟，原来，全是装的。

你压根儿就不会喝酒。

贝斯手笑了，你却哭了

原谅我不能把你送回去。如果让最好的兄弟知道，他一定会很伤心。

凌晨一点十五分，我给贝斯手打了电话。那头，他二话没说，骑着破电动车十万火急地赶了过来。

把你放进他怀里的那一刻，我忽然萌生出一丝不舍，我咒骂自己的不仗义。要知道，对于兄弟，我可是百分之百的忠诚。

第二天清早，你跑到男生宿舍楼下叫我，鬼哭狼嚎不说，手里还捧着一大束鲜艳的玫瑰花。

你真是个要命的丫头。你没看到吗？我楼上住的就是贝斯手。况且，哪有女生主动给男生送花的道理？

我始终不敢在宿舍的阳台上探出头去，我总觉得楼上到处都布满了寒光四射的剑影。

你在楼下没完没了地喊。最后，贝斯手给我打了电话。

手机在书桌上嗡嗡地震着，闪着间断的蓝光。我不敢接，我终于发现了自己的怯懦。

最后，我在一片嘘声中冲下楼去，抱走了你手里的玫瑰花。

你应该看到了，那束鲜艳的玫瑰花，我到底还是转交给了他。我想，你应该可以猜到，我当时对他说的话。

“小子，艳福不浅，丫头都朝你送花啦！别用那种无辜的眼神看我，人家其实是送你的，不过毕竟是姑娘家，不好意思，只好托我这个哥们儿转交一下。”

贝斯手笑了。而你，却站在清晨嗖嗖的凉风中哭了。

你的表白，让我难堪

再后来，你和贝斯手恋爱了。

和其他情侣一样，你们大摇大摆地在校园里牵手，散步，一起上课下课，一起吃饭聊天。

你再也没来看过乐队的演出。贝斯手说，你忙着复习考研，没时间。

就这样，我们相安无事地过了整整一年。

大四上学期，论文和实习差点把人逼疯。由于时间和毕业的关系，乐队就此搁置。从此，别说见你，就连见你身边那位最好的兄弟，都得拨上好几通电话。

圣诞狂欢，贝斯手给我打了电话。他穿得像个圣诞老人，而你，却打扮得像个公主。

见了你，我忽然不知该说点什么。

“好么?”“好。”“最近忙吗?”“忙。”“他还是那么爱玩。”“嗯。”

这就是我们全部的谈话。我的记忆又出现了问题，我又忘了，到底哪句是我问你，哪句是你问我。

不过，这些都已经不重要了。你后来的举措，彻底中断了我和贝斯手的关系。

你冲上演出台，抢过话筒，眼神坚定地朝我说了一句话，狂欢彻底安静了。我的乐天因子再度泛滥，幸好，贝斯手坐我旁边。

“看吧，小子，人家多爱你，都抢着向全世界表白了。你怎么就没一点动静呢?真不像个男子汉!”贝斯手被我这番话鼓动得血脉贲张。

就在他跑上演出台的一刹那，你又说了一遍“我爱你”。

不过这次，你加上了我的名字。

空气和他的笑容一样，在刺眼的灯光下瞬间凝固。

你我他，扯不开的青春记忆

沉默像那只静止的瓷勺，又夹在你我之间，一言不发地过了两分三十三秒。

你和贝斯手吹了。

我感觉自己成了千古罪人，说实话，我真有点恨你。既然已经和贝斯手在一起，为何还要这般高调多情?

因为你，我失去了最珍贵的友谊。

我低着头，默默整理东西，始终没和你说半句话。

下午三点的火车，从成都到昆明。

临行前，你朝我口袋里塞了一张蓝色便笺。你写道："有的人，就算是为他付出了全世界，他也不见得会在残忍的背后，为你留下一道温暖的疗伤之门。"

因为这段话，我又忽然增添了几许内疚。可那又能怎样？在那个年纪，很多时候，面子往往大过爱情。就算我和贝斯手已经断了联系，可友谊始终还在那里。

你穿着碎花洋裙跟着火车跑了很久很久，眼泪颗颗掉落。

这一幕，多像电视剧里的那些狗血桥段，但不得不承认，我真的心碎了。那一刻，我多想冲下去，抱住你，用尽一生时光，好好爱你。

然而火车，已把我们生生扯开。

刚到昆明，就有种无法言喻的失落。那一刻，我掏出手机想要跟你说点什么，可真听到你的声音，我却开不了口，愣是听你讲了一大堆的注意事项后匆忙挂掉。

不承想，半年后，某个摇摇欲坠的黄昏，当我疲惫不堪地回到家的时候，竟看到贝斯手与你齐齐站在门口。

我以为你们是来给我送喜帖的，却没想到贝斯手轻轻地牵起你的左手，郑重地把它放到了我的右手掌心里。

我惶恐，却见他诚挚地冲着我一笑，然后慢悠悠地道："小子，我把她交给你了，没有你的日子，她过得很辛苦。而你，也深深爱着她，我得见到你们幸福。这是兄弟唯一能做的。"

一旁的你，已经哭得稀里哗啦，我还恍如梦中，却被那小子熟悉的咆哮声惊起："别以为你藏得很深，当年的梦呓和酒后真言，一下子就把你给出卖了。"他又狡黠地冲我笑了笑，还调皮地眨起眼。

一晃三年过去，你已怀了我们的宝宝，那个脾气暴躁的贝斯手吵着要

当孩子的干爹，你不依，在屋里跟他玩闹。

我站在阳台，看着你们微笑。时光恍惚回到了过往，你、我、他，三个人拥着唱着……

青春真是一件美好的事。

我还想把关于你的故事写得长些，再长些，可惜，记忆常常涌出空白的片段。原谅我总是忘这忘那。

不过，有件事情，我倒是记得很清楚——我从来都没有告诉你，在昆明的火车站里，我握着电话想跟你说的是："我真的真的很喜欢你。"

选自《语文周报》2013年第57期

真好，当我喜欢你的时候，你也正好喜欢我，这便是爱情最极致的幸福了。命运待我如此优厚，以至于让我忘了我们曾经那样曲折……

少年时的友谊

文 / 李赟

真正的友情就如同人的健康。在失去之前，永远无法意识到他的真正价值。

——科尔顿

他刚来班上的时候，没人能听懂他说什么。我见他憋得难受，便挺身而出做了免费翻译。他来自四川，高个，清瘦，宁死也不说蹩脚的普通话。

因家中隔壁曾有四川的租房客，所以，我能听懂他所要表达的意思。他对我的及时出现表现得感激涕零，说务必要与我做一生一世的好朋友。

他主动要求老师调换座位，成了我的同桌。他整天死皮赖脸地跟着我，嚷嚷着要我介绍当地的名贵小吃。我倘若对他稍不理会，他必然又要朝天埋怨我是个不爱家乡的孩子，不懂得向外来人口推销自己的家乡文化。

无可奈何，我终于和他成了好朋友。原因是他告诉过我说，从我所在的云南小镇到四川，一定会经过一片浪花飞溅的江河，江河的码头上摆满了渡人的船只，而他每年都是坐船回去的。

当时，我在高原上已经呆了整整十一年，十一年的春来秋去，我都是看着莽莽大山而过的。因此，在当时年少的憧憬里，便经常会无缘无故地冒出一片无垠的海面来。我多想去看看，那遥远的海平线和扑翅高歌的飞鸟。

我知道，他所说的不过是一条宽阔的河流，但对于多年前的我来说，

那照样有着无比强大的吸引力。于是，我从骨子里认定了，他是特别的，是与其他的高原孩子们有所不同的，因为他见过奔流的河。

还没到他十二岁生日，他便没日没夜地在我耳旁唠叨，叮嘱我一定要去他家，说有我最爱吃的东西。我犹豫了片刻，点头答应了。

可事实上，他十二岁生日还没到来，学校便已经放了暑假。母亲领着我去了乡下，而我亦在绿树蔽日的时光里忘却了这件事。

回去之后，他气势汹汹地找到了我，好生将我奚落了一番。我因理亏，始终保持沉默。后来，他骂累了解气了，拉着我的手便去了他家。

他踩在高高的圆桌上，把红木橱柜打开，端出一只精致的瓷碗。一面小心翼翼地捧在头顶，一面故作神秘地问我："猜猜是什么？快猜猜看！"

我猜了许久都没猜中，失了兴致。他欣喜若狂地把瓷碗递到我的手里，还未说出将要说的话，便惊讶地张大了嘴巴。

原来，当天他等我直到深夜，后来他母亲催促他点了蜡烛，他才慌慌张张地用小刀把蛋糕上所有的奶油刮到这只碗里。他一直没有忘记，我爱吃奶油。

只是，我一走便是整整半月。灰白交错的霉菌爬满了鲜嫩的奶油，结满了白色的绒毛。

这件事使我感动了很多年，后来，因高考的缘故，我俩彻底分开了。他经常给我写信，向我问安，可我，却在陌生的城市里和一群新交的朋友玩得忘乎所以。

渐渐的，他的信件少了。我们像一块紧贴在刀刃上的细肉，慢慢地被一种悄无声息的力量切开。

毕业前夕，在整理东西时发现了他的信件，踟蹰着是否留下时，忽然发现了信件背面的笔迹："其实，我也喜欢吃奶油。"

我在刹那间想起少年时候的自己，想起那只精致的瓷碗，想起那些他为我刻意留下的奶油。坐在零乱的书桌旁，我握紧笔，却不知该给他写点儿什么。

四年就这么过去了。当然，此刻的我已经知道，从云南到四川，再远也不过十几个小时的车程，根本不用经过什么奔流的江河。可我还是怀念，怀念当年那个别有用心的谎言。

那段闪烁着光芒的时光，我是再也回不去了。唯一留有遗憾的，便是少年时候的自己，没能好好握住那份至纯至真的友谊。

选自《新青年》2010 年第 7 期

时光已过去多少年，如今的你们在哪里？经历着什么样的故事？什么样的幸福，伤痛……我又看到那些少年，在九月新学期的操场上青春飞扬……

时光没有告诉我

文 / 程琳

真正的好朋友，应该在你得意的时候，只有邀请才来；在你失意的时候，会不请自来。

——伯纳尔

做冰山女的同桌

“喂，那个……年段第一，你给我补习吧？”江灿在楼道里堵住了朱杉，帅气一笑。

“你——叫我？”朱杉微微一怔，她什么时候改名叫“年段第一”了？

“是啊！你不就是整个高一都考了年段第一的朱杉吗？”江灿点点头，接着笑说，“对了，先自我介绍一下，我是——”

朱杉却打断了他：“我知道，你是江灿。”全校闻名的“校草”江灿，长相不错，顽劣事迹不少，朱杉就是再两耳不闻窗外事，也是知道的。更何况，他们还是同班同学。

江灿立即夸张地拍掌一笑：“你知道我？那这事就说好了？”

“这……”她皱眉，不知道在犹豫什么。

“别犹豫啦！我数学不行，拖成绩后腿，家里人想让我去上补习班呢！我想肥水不流外人田，那么贵的补习费给别人赚不如给你赚啊！”江灿以为她是动心了，就急着加了一把柴火。

谁知道，朱杉似乎是炮仗属性，点火就爆了，怒道："我不需要同情和施舍，别再来烦我了！"

"哎——"看着她负气而去的背影，江灿狠狠拍了拍自己的脑门，"江灿啊江灿！关键时候你怎么犯傻了？！你不知道人家女孩子是很敏感的吗？！特别是钱这种事情！"

因为朱杉是班里四个补助生之一，据说原本是孤儿院里的孩子，后来被人领养走。但不凑巧的是，养父很快生了恶疾，治病花光了积蓄也没能捡回一条命来，从此家里就一贫如洗了。

向来一肚子鬼主意的江灿很快贼贼一笑，说道："既然她不需要同情，那只好让她同情一下我了！"

于是一周之后，江灿准时出现在了朱杉放学后的必经之路上，他坐在一旁的台阶上，拿着一张用红笔写着大大的五十五的数学卷子，哭得悲痛欲绝。俗话说，男儿有泪不轻弹，朱杉应该会母性大发，可怜可怜他这个学渣吧？

但是，朱杉仅仅在听到哭声的时候，转头看了江灿两秒钟，就抬脚离开了。江灿只得灰溜溜地站起来，把用来招眼泪的大蒜放进口袋里，擦了擦眼睛，就背上书包回家了。

第二天，江灿把那张五十五分的卷子递给了同桌："谢谢了。"

"不谢！你真奇怪，怎么不借比你分数高的卷子订正？"同桌随口说了句，收起卷子。

"我倒是想请教一下年段第一呢……"江灿讪讪地说。

同桌拍了拍她的肩膀："别想了，她可是个冰山女，生人勿进。"

但奇迹就在当天下午发生了，班主任李老师竟然安排朱杉和江灿做了同桌，让朱杉帮助他提高学习成绩。于是在众人惊讶的目光下，江灿就这样成为了朱杉的同桌。

后来江灿去问过班主任，为什么会突然决定这样做，班主任告诉他，

是朱杉主动要求的。江灿就知道朱杉面上不说，却放在心上决定帮他了。她果然，一点没变啊……

朱杉是个别扭的好女孩

关于江灿当了朱杉同桌这件事，很多同学都私下猜测能持续多久。之所以会这样，是因为之前每个做过朱杉同桌的人都说她实在太“闷葫芦”了，一天说不上两三句话，无法忍受只能申请换座位。

再加上朱杉向来孤僻，冷冷淡淡的，也不太合群，久而久之，她身边的位置就彻底空了出来。

“谢谢你啊！”江灿趁着课间对朱杉挠头说道，“还有上次，上次我不是故意那么说的……我嘴比较笨！”

“我知道。”朱杉的目光没有离开桌上的书本，只是点了点头，“没关系。”

虽然是“三字经回答法”，但江灿丝毫不气馁，使出了浑身解数和她搭讪：“我真的很佩服你啊！居然一直都是年段第一。你都做什么习题集啊？数学到底要怎么学啊？女生学这个很不容易吧？还有——”

朱杉无力叹了一口气，抬起头来，缓缓说：“一个一个问吧。”

终于吸引了她的注意力，江灿露出一个胜利的笑容。尽管朱杉的回答依旧简单，甚至只有摇头和点头，但不得不说，这种交流已经是一个天大的突破了。他这个人见人爱的校草，多少女生对着他花痴啊！怎么可能久攻不下呢？

“哎呀，这道题怎么这么难，可恶！”自习课的时候，江灿对着一道数学题抓耳挠腮。

朱杉很明显听到了，却连眼皮都没抬一下，继续奋笔疾书。江灿又接连抱怨了几句，希望她能主动和自己说一句“我帮你看看吧”。然而，直到下课，她收拾书包离开，江灿都没等到这句话。

“还是没进展啊……”江灿沮丧地收拾着桌面，却突然发现了一个没见过的本子，“这是？”

翻开本子，从第一页到第三页，写的满满都是关于那道题目的解答，步骤很详细，钢笔的墨水还没有干透。他急忙拿着本子追出去，却发现走廊上已经没有了朱杉的身影。

“就说嘛，我江大校草出马，死缠烂打之下，还有化不了的冰山？”

于是那天之后，江灿就开始经常“不经意”地抱怨几句。

“这卷子上的错题不知道怎么订正……”

一节课后，桌面上就会留下一张朱杉的卷子。

“昨天上课睡着了，没记笔记怎么办……”

话说完的下午，课本里就出现了朱杉清秀的字迹。

“哎呦，今天打篮球脚扭了，等会儿放学下不了楼梯了……”

于是这日的朱杉没有像往常一样匆匆离开，而是一声不响地等江灿一起走，就扶着他下了楼梯。

诸如此类的小变化和小细节几乎每天都会发生，有时候江灿会忍不住发笑，原来长大后的朱杉是个别扭的好女孩啊！

时光没有告诉我

时间过得很快，两人开始了各自的寒假生活，暂时没了交集。

“小灿啊！过来一下，你带一下这个新人——”

“经理，我来了！”江灿急忙把餐盘收拾好，进了工作间后却愣住了。

因为这个新人不是别人，正是朱杉。

朱杉见到江灿一身服务员的工作服后，脸色也不好：“经理，您去忙吧。我先‘请教’他一会儿。”

经理走后，朱杉就直接问道：“你不好好念书补课，来打工干嘛？”

“勤工俭学嘛——”江灿打哈哈地说道，“你不是也一样吗？！”

“你知道在高中里勤工俭学代表着什么吗？如果没有必要，谁会愿意在

学习上分心？”朱杉并不打算放过他，“和我说实话！”

江灿心想，这大概是朱杉和他说话以来，主动说的最长的一次了。如果不是来揭穿他的，那就更好了。

“好吧。”江灿摸了摸鼻子，“我没有家人，我之前是骗你的。我也是个孤儿，一直到长大都没人领养，虽然吃住不愁，但是学费要自己筹集。你们女孩子嘛，更需要补助，关于补助的名额我就不凑热闹了，所以基本没人知道我的事。”

虽然他的神色坦然，并没有不悦，但朱杉听后却不知所措起来：“对、对不起……我不知道……”这么多年，她常常受到恶意的中伤，甚至有时候连她自己都觉得自己是个扫把星，才会让养父……那些或怜悯或鄙夷的目光如跗骨之蛆，时间久了，她只有让自己麻木才能不那么难过。

“孤儿院的院长让我去做过特殊学校的义工，那些自闭症的孩子们，虽然有父母，却无法感受亲人的爱意，更无法给亲人感情上的回馈。”江灿难得认真地说，“而我们，尽管不知道自己的父母是谁，但关心我们的人总还是有的。我们感受得到，也能回报他们的感情，还是很幸运的。”

朱杉仿佛受到了很大的触动，一时没有接话。

“也许你后来经历了很多不愉快，但我不希望你最后变得和他们一样，把自己封闭起来。而且在我的记忆里，你小时候可是个霸气的小女王啊！”江灿仿佛想到了十分有趣的事情，笑起来。

朱杉一怔，小时候？她不记得自己认识江灿啊！

“是啊！你真的不记得我了吗？小时候，我是你的小跟屁虫小山啊！我一直记得，如果不是你，我一定被人欺负惨了！”江灿绘声绘色地描绘。

“你是——怎么会……”朱杉惊讶得说不出话来，接着突然大笑出声，“哈哈哈……”

她这才想起来，她和江灿应该是一个孤儿院的。那时她可是孩子王，有一日，她看一个小男孩被几个高个子的男孩欺负了，就替他打走了他们，从此他就成了自己的小跟班，跟着自己到处“行侠仗义”。因为年纪小，认字认半边，就叫他小山了。她怎会想到，原来那个又矮又瘦又不起眼的小萝卜头，竟然“男大十八变”成了校草！而且还能反过来计划着接近她，开导她！

“江灿，谢谢你，真的！”

那日之后，两人一笑解心结，寒假努力打工，开学后努力学习。朱杉渐渐变回小时候一样的热情和爽朗，班里同学都愿意来向她请教问题，甚至切磋讨论了。

就这样，高二下学期的期末考试，朱杉仍是第一，江灿竟然破天荒做了一回第二。就像朱杉说的，其实江灿很聪明，只是不上进，只要肯用心，成绩就会很好，两人也一直把这种好状态保持到了高考。

多年之后，江灿打开朱杉毕业时送给自己的记事本。最后一页上，她写下了这么一段话：

每个人都是时光这条道路上粗心的旅人，收获良多，失去亦多。然而时光没有告诉我，我在不知不觉中，在它那里遗失了什么。所以，谢谢你告诉我，让我找回本心，学会敞开心扉。希望在未来的生命里，当你有所迷失时，也有人能如此待你。

选自《初中生学习·中》2015 年第 5 期

青春就像一阵浩浩荡荡的风，穿过我单薄的胸膛，是那样的迅疾。错过的已来不及，愿在以后的日子里，这个世界能温柔待你。

记忆中看书不花钱的书店

文 / 林文月

书卷多情似故人，晨昏忧乐每相亲。

——于谦

我幼年时居住在上海闸北的日本租界，小学一年级按学区被分派入第一国民学校。我的家在江湾路，虹口公园游泳池的对面。每天上学我很少规规矩矩地走，不管是一个人走或有同伴，总是顺着那石板跳行。

在这一条北四川路的中心点比较靠近学校的那边，有一排二层楼洋房。前面一段是果菜市场和杂货店一类的店面，母亲有时也到那里去购物；那后段却是我喜欢去的地方，因为有一家书店和一家文具店。

小学一年级的功课既少又轻松，通常在上午十一点半就放学了。家里因为要等父亲回来午餐，不会太早开饭的，所以我几乎每天都在归途上溜进那家书店去看不花钱的书。

那时候的学生好像不作兴带钱，我们家更有一种不成文的规矩，孩子们要等到上了中学才可以领到零用钱，因此我身上当然连一个钢板也没有。尽管没有带钱，我倒也可以天天在那书店里消磨上半个钟头，入迷地看些带图的《伊索寓言》等书。

那家书店有多大呢？我已无法衡量了，当时觉得十分大，四壁上全都是书。记得在进出口处有一柜台，里面总是轮流地坐着一个中年男子和老妇人，大概是母子吧。别人经过那个柜台，差不多都要付了钱取书走，我却是永远不用付钱的小“顾客”。

而他们母子也从来没有显出厌嫌的样子，相反，那中年人还常常替我取下我伸手够不到的一些书。那老妇人弯着腰坐在柜台后面，每回我礼貌地向她一鞠躬时，她就会把眼睛笑成一条缝，叫我明天再来玩。

那是一个夏天中午，放学途中忽然下起倾盆大雨来，我快速地从学校跑到书店，但雨势实在太大，到达书店时，全身上下都已湿透了。头顶上的电风扇不停地旋转着，那凉风吹在湿透的身上，不由得叫人打了好几个喷嚏。

这时，那个中年的店主人走过来，示意我跟他上后面二楼的房间。那是两间窄小的日式住室，里面有点幽暗。

随后，那老妇人也上楼来，她提了三壶热水，替我拭擦头发、脸孔和身体，又拿来一套很宽大的衣服让我换穿。一身都干爽之后，他们又铺了一个床铺叫我躺下，大概我是真的受凉感冒，居然睡着了。

不知过了多久，我迷迷糊糊地醒来，发现自己躺在一个陌生的房间陌生的床上。那老妇人正俯视着我，虽然她的脸上堆满慈祥的笑容，但我还是吓哭了，许是联想到一些童话寓言中受坏人诱拐的情节吧。

老妇人用枯瘪的手抚摩我的短发，哄我、安慰我，又叫她的儿子端了一碗不知什么热腾腾的东西来。我像梦游似的坐起，把那碗东西吃下，肚子里充实了，身上也就有气力了。

中年男人问我家的住址和电话号码，老妇人叫我到隔壁房间去换穿我自己的衣服。原来，她已将我的湿衣烘干或烫干了。在换衣服的时候，我听见那男人在电话中讲话，好像是在同我母亲说话。我忽然掉下眼泪，不知是因为惊心还是安心。

未几，母亲雇了一辆黄包车来接我回家，雨还没有停，正在屋檐外淅淅沥沥地滴着水珠。我听到母亲同他们母子在寒暄道谢，又看见双方有礼地一再鞠躬，可是我自己倒像是置身事外，做梦一般，有一种不真实的感觉……

那家书店叫做什么名字呢？我现在完全记不得了。那好心的店主人母子姓什么呢？我也一直不晓得。说实在的，我连他们的模样也早已经忘掉了。然而有时不免想：我从小喜欢读书，而在这平凡的生活里，从过去到现在，一直都与书本有着密切的关联，我读书又教书，看书也写书。是什么原因使我变成这样子呢？

我不明白，只有一点可能：在我幼小好奇的那段日子里，如果那书店里的母子不允许我白看他们的书，甚至把我撵出店外，我可能会对书的兴趣大减，甚至不喜欢书和书店也未可知。

在我平淡无奇的过去里，这是我时时想起的往事之一，虽然没有什么悬宕的高潮，也没有什么动人的结局，我甚至不晓得这整件事情是否可以算是一个故事。但是，每次回忆时，仍有一种如梦似幻的感觉，那种温馨的情绪也始终留存在心底。

选自《读者》2014 年第 23 期

一个爱书的人，他必定不至于缺少一个忠实的朋友，一个良好的老师，一个可爱的伴侣，一个温情的安慰者。一起读书吧，读书会为你带来千般好处。

在二十岁之前，去二十岁之后

文 / 阿识学长

青年的敏感和独创精神，一经与成熟科学家丰富的知识和经验相结合，就能相得益彰。

——贝弗里奇

在我二十岁之后，每次朋友约我去 KTV，我都想编出很多个理由拒绝参加，我说我不会唱歌，不会喝酒，更不会聊天。我总觉得像我这样的一类人坐在 K 歌房里只看着别人尽情嘶吼、深情演唱、将酒瓶和易拉罐弄得哐当作响，会是一件特别尴尬的事情。

我会时不时看看手表，去去洗手间，将水龙头来回地拧开又拧紧。我就这样把自己弄得没精打采，然后摊在沙发上睡起觉来。等我被朋友叫醒时，天已经蒙蒙亮，大家都要散伙了。

有很多时候，我们明明知道自己不喜欢做某一件事，但我们还是会硬着头皮去喜欢。我们可以说自己没有主见，但我们绝对不能对别人说，你不要再强迫我了。因为二十岁之后，我们所面对的不单单是纯纯的友谊，更多的还是社交和资源。

长大成二十岁的人，内心确实是挺孤独的。我们一再强迫自己不能再像二十岁之前那样放荡不羁、热爱自由。我们明明骨子里讨厌抽烟和喝酒，却还是义无反顾地蹲在路边大口大口地抽吸起来。我们的真实想法就是因为风吹走了二十岁之前的云彩，才会被雨淋湿。二十岁之后的每一场雨都

可以说它不解二十岁之前的风情。

我记得我二十岁之前，其实是一个特别喜欢唱歌的小男孩。每次班里上音乐课，即使老师没有拿麦克风又或是没有音乐伴奏，我也会将手举得老高，然后把书本叠成圆筒状，一飞到讲台上就扯破喉咙飙《青藏高原》。

我明明知道自己的嗓子不够清亮，吐字总咬舌根，但我还是会唱得激情高亢。有很多次，我唱着唱着就直接站在了老师的讲课桌上，我竟像一位歌唱家，又唱又晃，还指挥其他同学。没有一个同学说我唱歌不好听，虽然我跑调了，但我很接地气，我的歌声能给他们带去欢笑，留下深刻的印象。

也许，你活在这个世上已经唱了很多首歌，但你并不指望有一首歌能够等别人再听到时会想起你。这不是你的嗓子不好，音质不准，而是你不懂二十岁之前的我们。

我总说，二十岁之前的我们“坏”得透顶，我们巴不得学校每天停电，那样就不用再上晚自习，我们便可以在月光下张扬自己，唱起歌来。有很多人在白天会假装不会唱歌，但一等到晚上大家都开口了，他一定是那个坐在教室最后一排唱得最响的人，他实在太压抑了。

我也总说，二十岁之前的我们整天乐不思蜀，周末一放学，我们就会成群结队地跑到网吧。女孩子喜欢玩 QQ 炫舞，她们会一边摇头晃脑，一边将音量上下来回地调拨。男孩子则对自己的 CF 战友爱之深又恨之切，他们总扛枪对骂，在耳麦里叫得热火朝天。我们真巴不得那小小的世界只有自己的声音。

如果不泡网吧，那我们肯定会跑到 K 歌房唱歌。那时，我们最迷恋的歌手莫过于许嵩和周杰伦了。因为学校的广播里总放他们的歌，所以我们总喜欢坐在教室里交头接耳，到底是许嵩的清新文艺范儿好听，还是方文山给周杰伦写得中国风歌曲好听。等我们到了 K 歌房时，才会惊奇地发现，原来许嵩和周杰伦可以唱得一模一样，因为麦霸总是一个调调。

在我二十岁之前，我也是个名副其实的麦霸。我总跟着比我高出一个多头的一大帮同学，在一家开在胡同旁的 K 歌房唱歌。无论新歌老歌、民歌山歌、儿歌情歌，只要我能哼出一两句的，我就会拿着麦一会儿跑到左边哼哼，又一会儿跳到右边哦哦，真是不上不下，不前不后，又唱又读。

如果有哪位同学说我故意影响他唱歌了，我一定会和他吵得面红耳赤。如果有同学说我是块音乐绊脚石，即使我打不过他，我也会趁他不注意先给他一拳。麦霸是不允许输在别人后面的。

但在我二十岁之后，渐渐的，我发现自己不怎么爱唱歌了，我只单单喜欢一个人塞上耳机听歌。我越来越不喜欢许嵩和周杰伦的歌了，我反而越来越迷恋华仔和 Eason，我觉得他俩的歌能唱出我二十岁之后的声音。

在我二十岁之后时，我想要一轮大大的圆月亮，然后我每天晚上看完书就可以盘起腿，坐在有风吹过的草坪上一动不动。不要问我为什么会发呆，也不要管我是自言自语还是偷偷流泪。说真的，自从我二十岁那天和一些人、一些事在 K 歌房告别之后，我就发现自己再也不渴望长大了。

曾经因为很喜欢唱一首歌，便发誓要快快长大保护她。可等到自己长大以后，她却已远走天涯，我看不见了。剩下来的时间，便一个人静静地听歌。

选自《考试报》2015 年第 26 期

我经常想的一个问题是，关于长大，关于成熟，这些词汇背后的真相是什么？潜台词是什么？是规则吗？是屈服吗？还是别的些什么？可是我知道，在经历过社会浸染以后，每个人都会失去本来的面目！

西电与我，温柔以待

文 / 北卡不卡

人生的白纸全凭自己的笔去描绘，每个人都用自己的经历去填写人生价值的档案。

——佚名

我从幼时开始便痴迷音乐，每天勤勤恳恳地练习小提琴，总梦想着能考入一所音乐学院，等到大学毕业之际，在全国办一场个人巡演。然而，现实总不似梦想那般绮丽。十七岁那年盛夏，我收到了西安电子科技大学的录取通知书。暑假过后，我和自己心底的“小提琴演奏家”挥手告别，独自前往西安，由此踏上了理工科的不归路。

家乡的很多亲戚并不理解为什么我会选择这所大学，在他们眼中，我是品学兼优的尖子生，而西电并不是什么很出名的院校。我很少向人解释什么，毕竟填报志愿这种事情与选择伴侣有异曲同工之妙。只要它是适合自己的，那便是最好的。

不了解西电的人或许不知道，它曾经是一所军事院校，在近现代历史上留下过浓墨重彩的一笔。如今和平年代，它已不再施行从前的军事化管理，但仍有许多人熟知它的过往，并且亲切地叫它一声“西军电”。在我的印象里，军人应该是专注、坚毅而内敛的。这些得来不易的特质，似乎早已融在了西电的一草一木中。

我常常为自己而自豪，因为我的母校无愧于它的过往。

谈及“西军电”三个字，就不得不提起与之相关的一个传统：游泳是每个人的必修课。据辅导员说，这是由于从前战乱时期，曾有一位西军电的前辈，因为游泳而立下了不凡功勋。之后的很多年里，校方一直都没有对此作出什么明文规定，然而这个传统却仿佛自有其力量，随着年月推移，一点一滴渗透到每一个西电人的细胞里。

记得我们班级在军训结束后的第二天，就赶上了开学以来的第一节体育课。

当时，体育老师和辅导员一起将我们带到新校区的露天游泳池，顶着炎炎烈日，滔滔不绝地向我们强调着游泳的重要性。体育老师心直口快，一不留神就说了这样一句大实话：蛙泳游不过 20 米的同学，即便专业课学得再好，将来也没脸拿着西电的毕业证书出门炫耀。

听完训话，女孩子们便三两结伴地去更衣室，换上从学校超市新买回来的游泳衣。那时的我们还有些陌生，只敢悄悄打量对方的泳衣款式，偶尔称赞两句。

之后再回到露天泳池，每个人的脸上都是一副跃跃欲试的模样，就连我也不例外。

坦诚地说，游泳对我来说是极为新鲜的事情，而且也充满了挑战。在过去的十七年里，我一直生活在北方的一座小城，那里四面环山，只有一条“明令禁止游泳”的河流横贯东西。从家人到朋友，与我相熟的人们几乎都跟我一样，是个不折不扣的旱鸭子。比较幸运的是，人类天生就是与水亲近的，所以，我即便对游泳这件事情感到极为陌生，但却一点都不怕水。

由于很多人都是从零开始，体育老师不得不耐着性子教我们如何在水下闭气，以及怎样才能保证自己漂浮在水面上而不至于沉底。那节课回来之后，宿舍里就形成了一种十分有趣的怪现象：卫生间的洗手台上，齐刷刷地摆了一连串的洗脸盆。

彼时正值十月，秋老虎在西安城里四处作怪，将空气搅得燥热难耐。宿舍里没有安装空调，只有一个不起眼的电风扇，在天花板上装模作样地转来转去。同宿舍的姐妹们刚刚相识，很容易找到什么新奇的话题，聊个没完没了。每次讨论到兴头上，总免不了要激动得满头大汗，于是大家轮流去洗手台那边，埋头在水里练一会儿闭气，一来清凉，二来确实有提高。

平时没课的时候，新校区的游泳池一般都开放给学生练习用。泳池并不算大，然而前来练习的人总是很多。宿舍里有个女生是游泳健将，她每次去游泳之前，都会嬉笑着问我们是否一起去。我记得，她的原话是：走吗？游泳池下饺子去。

毕业之后，我曾经在广阔蔚蓝的大西洋上冲浪，亦曾在温暖曼妙的印度洋里深潜。然而，所行之路越远、所见之景越广阔，反而越是怀念大学时代，那个拥挤而淳朴的露天泳池。

很多时候，梦从何处开始，那里便会成为天堂的原乡，自此留于心间，再不能被替代。

在西安的诸多院校里，西电应该是男女比例最为夸张的一个。

一般来说，像西安外国语大学这种偏重文科的大学，基本都是阴盛阳衰、女多男少。而西电作为一所地地道道的纯理工科大学，则与西外截然相反。在这个男女比高达 8:1 的学校里，女生一直都被视作稀少且珍贵的一级保护动物。

时隔多年，我依然清楚地记得新生入学那天，我正从校门口往新生报到处走着，忽然从马路对面跑过来三个高高壮壮的国防生，不由分说就抢走了我手里的行李箱。我吓得几乎要大喊“救命”，却见他们笑得热情洋溢，低头看着我说：同学，我们帮你拿行李吧，报到处还得走挺远一段路呢，别把你累着。

来西电以前，我从来没有享受过这种高级待遇，于是一时之间，难免感觉诚惶诚恐。入学一段时间以后，我小心翼翼地去适应，并且逐渐接受了这种别具一格的“西电特色”。

也许很多人都会觉得，理工科的女生应该像女汉子一样顶天立地，万事不求人。可事实却并非如此。在那样纯简而率真的校园里，男生对女生的照顾与保护，就像天性一样自然。

在食堂买饭，永远都是女生优先。食堂二楼卖胡辣汤的师傅，每次看到有女生成群结伴过来，都会免费赠送几个白吉馍。旁边窗口卖小炒的师傅看不过去，时不时叫嚣着要多给女生盛一个喷香的狮子头，以此来招揽生意。

周末的时候，每个班里都会有那么几个男生，骑着买来的二手自行车，早早去自习室里帮同班女生占座位；每个学期社团招新之前，各个社团的负责人都会和社联的学生干部围坐在一起，专门开个会议，讨论今年要用什么新鲜的噱头来吸引更多的大一女生；甚至，就连校医院都特意在女生宿舍楼下开了个分部……

诸如此类的事情，多得不胜枚举。这样备受呵护的日子过得久了，就算是再怎么坚强独立的女生，心中也会平添许多温柔。

不过，相差悬殊的男女比例其实是一把双刃剑。除了那些特殊优待以外，它还给我的大学生活增添了一些无谓的烦恼，其中最为典型的就是——不敢逃课。

放眼整个微电子专业，两个班级总共 260 人，其中女生只占了 24 名，连十分之一都不到。不论上什么课，前两排的座位都是留给女生的。老师甚至连点名册都不需要，只是扫过一眼，就能数出有哪几个女生没来上课。

大学生似乎都曾听过这样一句话：没有逃过课的大学生活是不完整的。毕业的时候，宿舍里的姐妹们吃散伙饭，细数过去四年的点点滴滴，才发现原来我们这些“校园一级保护动物”，大学生活竟然都不是那么完整……

我们笑着说，等毕了业以后，就再也不会有这么多特级保护待遇了。

笑着笑着，眼泪就流了下来。

每个人的心中，都曾有过一方净土，装载着最为安宁的现实与梦想。

毕业以后，我在忙碌的城市里奔波奋斗，几乎不会再幻想成为小提琴演奏家，却时常盼望有朝一日能够捡拾一台时光机，伴我重回到那年无忧无虑的大学岁月。

然而，即便时光无从复返，我依旧愿意微笑着回忆起与母校有关的一切，并且心存感恩。

何其有幸，我曾考入西电；何其有幸，这所与世无争的院校曾与我温柔相待。我想，那些美好而单纯的记忆，足以成为整个漫长的青春期里，最美好不过的事。

选自《语文报》2016 年第 52 期

做为一个人，要是不经历过人世上的喜怒哀乐，不跟生活打过交手仗，就不可能真正懂得人生的意义。

苏州园林的窗

文 / 李娟

人生天地之间，若白驹过隙，忽然而已。

——庄周

风动荷花香的时节，在苏州园林留恋，极喜欢苏州园林里一扇扇灵秀典雅的窗。

如果说，苏州园林是一位端庄清丽的大家闺秀，那些窗则是一双双秋波流转的眼。庭院里一扇木质的花窗，回廊里一个石雕的漏窗，仿佛在用一双双妩媚的眼睛，悄悄窥人。

漏窗是园林的点睛之笔，在曲径通幽的回廊两侧，在水榭亭台间。漏窗形态各异，雕刻着梅兰竹菊，春花秋月，人在园林里，仿佛行走在春夏秋冬间。

拙政园有一处“与谁同坐轩”，是水边一座扇形的小亭。轩里一面小窗如一把打开的折扇，窗下有一面石桌，一对石凳。仿佛听见民国作家周瘦鹃在此吟诵的诗句：“苏州好，拙政好园林，轩宇玲珑如展扇。与谁同坐有知音，于此可横琴。”

一个人独坐小轩，面对一弯碧水，在水边品茶，听琴，赏花，沉思，等待一位知己。可是，等到晚风轻拂，月上柳梢头，湖水里泊着一轮明月，等待的人也终于没有来。

恍然听见苏轼说到：与谁同坐，清风明月我。

临水有亭，亭上有一个月亮形状的窗，从窗口望去，荷叶全出水面，满塘碧色，翠衣翩翩。江南可采莲，莲叶何田田。荷花早已亭亭玉立，透过一轮月亮窗去看满塘的荷花，清风徐来，朵朵红莲就开在月亮里。

若是到了秋天，红藕香残的时节，荷塘里的荷花都枯萎凋谢了，留下几枝结子的莲蓬静静立在秋风里，枯叶满塘。此时，可以留得残荷听雨声了。看得见繁花盛开，也看得见枯叶凋零，四季轮回中，我们感受生命另一种静气和从容。

留园里有一扇花窗，全是相思结形状的花格。窗外是一条长长的回廊，看见一对年轻的情侣牵着手缓缓走过，忽然就想起一首诗：心似双丝网，心有千千结。

《红楼梦》中有一处窗，灵秀清幽，便是林黛玉潇湘馆里的窗。窗外是青青翠竹，竹影摇曳，绿荫满地，窗上是罩着淡绿的薄纱，窗纱是蚕丝织成的。人在花窗前走过，若隐若现，人影绰绰，落花翩翩，此时的潇湘馆仿佛是一阕宋词了。

在留园，荷塘里白鹅嬉戏，菡萏摇曳，烟波画船上有白衣女子在唱昆曲，曲声清丽悠远，旖旎婉转，情意缠绵。唱腔如雨打落花，清泉流淌，似漫天的樱花随风飘落，令人无限沉醉。

忽然想起民国才女张充和，抗战结束时期，她也在苏州拙政园的一叶兰舟上唱昆曲："原来是姹紫嫣红开遍，似这般都付与断井颓垣。良辰美景奈何天，赏心乐事谁家院——"亭台水榭间，临水照花人，真是倾国倾城，绝代风华。汪曾祺先生在文章中写唱昆曲的她："张充和唱昆曲，是水磨腔，娇慵醉媚，若不胜情，难以比拟。"

见一处花瓶形状的漏窗，窗外长着三两枝翠竹，静静看着，宛如一尊宋瓷。微风习习，青竹潇潇，成了一幅动态的水墨画。

苏州狮子林里的窗也分外迷人，这里曾是大师贝聿铭童年生活的地方。狮子林怪石嶙峋，随处可见一扇扇玲珑剔透的花窗，有惊鸿一瞥之感，它们静默在时光深处，等着游人偷偷来窥。

一个“窥”字，多么令人痴迷沉醉，欲罢不能。苏州园林的窗，都是含蓄和掩藏，它诠释了中国古典文化里的“隐”。

世间一切美好的东西，皆不是直观和裸露的，那些静美的花窗，暗合了东方文化优雅、古典、静谧、意境的美。苏州园林之美，移步换景，每一步行走都是诗情和画境，每一扇花窗都可以拿入画。

园林里，见一对穿着古装的女子从回廊走过来，午后的阳光透过长长的花窗洒在她们身上，衣袂翩翩，云鬓如画，粉面桃花。你仿佛走在时光的隧道里，恍惚走进《牡丹亭》的游园惊梦里。

有一只燕子轻灵灵地从石桥下飞过，一位古代的诗人也过桥了吧。

苏州园林里一扇扇窗，宛如旧时明月，照见古人，故园，照得见东方文化的典雅和大美。

旧时明月旧时窗。

选自《语文周报》2016 年第 11 期

看一场烟雨，梦一回江南，煎一杯青梅水，起起落落只为一碗清粥的简单。从此，缀饮人间烟火。